AF397442

novum pro

DER REGULATOR

MAURICE REMY

novum pro

Bibliografische Information
der Deutschen Nationalbibliothek:

Die Deutsche Nationalbibliothek
verzeichnet diese Publikation in
der Deutschen Nationalbibliografie.
Detaillierte bibliografische Daten
sind im Internet über
http://www.d-nb.de abrufbar.

Alle Rechte der Verbreitung,
auch durch Film, Funk und Fernsehen,
fotomechanische Wiedergabe,
Tonträger, elektronische Datenträger
und auszugsweisen Nachdruck,
sind vorbehalten

Gedruckt in der Europäischen Union
auf umweltfreundlichem, chlor- und
säurefrei gebleichtem Papier.

© 2022 novum Verlag

ISBN 978-3-99131-324-3
Lektorat: Melanie Dutzler
Umschlagfoto: Georgy Valkov
Umschlaggestaltung, Layout & Satz:
novum Verlag

www.novumverlag.com

Meiner Ehefrau gewidmet

DER REGULATOR

Im schneebedeckten Gebirge kauerte ein weißgeschneites Häuschen, das einst ein bewachtes Munitionsdepot war. Im Juli 2003 wurde es vom Verteidigungsministerium im Rahmen eines durch ein Entwicklungsprogramm der Vereinten Nationen finanzierten Projekts (UNDP)[1] zerstört. Das Militärlager ging in den Besitz einer staatlichen Jagdverwaltung über, die es zu einer gemütlichen Hütte umbaute und den Jägern im Sommer gegen eine symbolische Miete anbot. Seit fünf Jahren machte ich sie mir jeden Winter zunutze, weit weg vom hektischen und lauten Leben in der Hauptstadt.

Ich bevorzugte die Einsamkeit in der Natur. Die Bequemlichkeiten des modernen Menschen wurden mir zu viel. Auch hatte ich hier weder Internet, Radio oder Fernsehen noch Heizung. Einmal in der Woche nahm ich ein Bad bei Vasil Stoychev, dem Gründer des Wandervereins „Raliza", der eine kleine, einige Kilometer von der Hütte entfernte Skistation betrieb. Bei ihm kaufte ich Essen doppelt so teuer, aber es lohnte sich, weil mein Aufenthalt ganz den Büchern gewidmet wäre. Die Bedingungen im Häuschen waren spartanisch. Drinnen gab es nur einen alten Gusseisenofen, aus dem zu hören war, wie das Holz knisterte, während sich die Feuerwärme rundum ausbreitete.

Die Gaslampe beleuchtete schwach ein altes speckiges Notizbuch, in das ich schrieb. Ich war versunken und zitterte vor Angst um meinen Haupthelden, ich ermutigte ihn und half ihm ein wenig, weil ich wusste, dass er stärker war, als er aussah.

Allmählich verlor meine Hand an Kraft und langsam schlief ich auf dem grob gezimmerten Tisch ein. Irgendwann wachte ich

---

1 A.d.Ü.: gebräuchliche Abkürzung für Entwicklungsprogramm der Vereinten Nationen: UNDP -United Nations Development Programme

auf, starr vor Kälte. Die Gaslampe war erloschen und im Ofen war nur noch etwas Glut. Widerwillig zog ich mich an und ging hinaus. Den Schneefall ließ ich außer Acht. Ich erreichte den Schuppen und sah mich unbewusst im Spiegel, der an der Wand hing. Der hier und da ergraute Dreitagebart verriet meine vierzig Jahre. Die gewellten schulterlangen Haare verbargen den Bart teilweise, aber nach ein paar Tagen musste ich mich wieder rasieren. Ich hasste diese Prozedur, aber noch mehr hasste ich den langen, juckenden Bart. Ganz egal, wie sehr ich versuchte, mich vor der Zeit zu verstecken, sie holte mich immer wieder ein und verpasste mir ein paar Fältchen ins Gesicht. Aber immer noch fühlte ich mich jung, so dass ich mit Leichtigkeit zwei dicke Holzscheite schulterte und hinein rannte. Gut, dass ich den Türriegel angehoben hatte, weil er leicht hinunter fiel und ich sonst hätte draußen bleiben können. Ich legte den größeren Stamm in den Ofen, ließ die Gusseisenplatte hinab und machte es mir auf der hölzernen Pritsche bequem. Wie gut, dass ich eine dicke alte Steppdecke fand, die ziemlich schwer war, aber dafür wunderbar wärmte. Ich fiel in ein süßes Nickerchen.

Plötzlich klopfte es an der Tür. Zuerst leise. Die Decke über den Kopf gezogen, schien es mir, als hätte ich geträumt. Aber das zweite Klopfen war deutlich, laut und eindeutig. Schon war ich mir sicher, dass draußen jemand war. Verwirrt stand ich auf, öffnete und sah vor mir eine schöne Frau mittleren Alters. Sie war ganz verfroren, nackt und barfuß, ihr Mund blutete, und sie hatte sich unbeholfen in eine abgetragene Militärdecke gehüllt.

In dem Augenblick, als ich ihr öffnete, brach sie zusammen und fiel in meine Arme. Ich hob sie auf, legte sie auf die Pritsche und deckte sie mit der dicken Steppdecke zu.

„Ist noch jemand draußen?", fragte ich, entschlossen ihr zu helfen, denn hierher hatten sich auch vorher viele Touristen verirrt. Man fand sie erst im Frühling, wenn der Schnee schmolz.

Sie sagte nichts und sah mich immer noch verängstigt an. Ich reichte ihr eine trockene Serviette, auf der ein Weihnachtsmann aufgedruckt war, und tupfte das frische Blut aus der tiefen, aber nicht so gefährlichen Wunde ab. Dann trat ich zurück und legte mich auf den Tisch. Aus ihrer Decke machte ich ein Kissen und schlief zusammengerollt und glücklich darüber, ein menschliches Leben gerettet zu haben.

★★★

Ich schrak auf. Das Geräusch des Hubschraubers des Zivilschutzes hatte mich geweckt. Meine unbekannte Gästin schlüpfte unter die Decke.

„Sie suchen dich", sagte ich. „Sie sind bald hier. Soll ich ihnen sagen, dass du bei mir bist?"

Sie deckte sich auf und schüttelte den Kopf.

„Fliehst du vor ihnen?"

Sie schüttelte erneut den Kopf, was mich noch mehr verwirrte.

„Soll ich ihnen eine vermisste Person melden?"

Die Frau legte ihre Hand auf ihre vollen Lippen und ließ mich wissen, dass sie das nicht will.

„Wer bist du? Wie heißt du?"

Sie zuckte die Achseln und senkte die Augen.

„Woher kamst du letzte Nacht? Von der Hütte ‚Nadezhda' oder ‚Schneegipfel'?"

Sie zeigte nach oben, was mir nicht besonders half, die Richtung zu erfahren.

„Bist du jemandem weggelaufen?"

Diesmal nickte sie.

„Ich bin jemandem weggelaufen", sagte sie mit zitternder Stimme.

„Deinem Mann oder deinem Freund?", vermutete ich.

Sie zuckte die Achseln und begann unverständliche Phrasen zu flüstern:

„Er tötet. Vielfraß rettet. Vielfraß ist tot. Beschützer schläft ein. Inki–Nanka, komm! Komm schon! Es ist kalt. Kalt."

Sie hatte offensichtlich einen Schock erlitten. Ich dachte, es wäre für sie am besten, sie in Ruhe zu lassen, bis sie sich seelisch erholt, wenn sie es überhaupt konnte.

9

„Ich muss raus, kannst du mich hören? Ist alles in Ordnung?"

Diesmal nickte sie zustimmend. Ich zog eine schwarze Puffer-Jacke über das T-Shirt, das ich trug. Ein langer Marsch stand mir bevor, etwa 5 Kilometer, also zog ich mich nicht dick an. Ich wusste, dass ich mich erkälten würde, wenn ich in dieser Kälte schwitzen würde.

„Ich komme gegen Abend zurück. Mach niemandem auf. Ich habe den Ofen aufgeladen, damit du nicht hinaus musst."

Sie lächelte, sagte wieder nichts, winkte mir zu, und ich ging hinaus.

Die Sonne war über den sich unter dem Schnee biegenden Bäumen aufgegangen. Es hatte aufgehört zu schneien und das Außenthermometer, das am Rahmen der dicken Stahltür hing, zeigte minus zehn Grad Celsius. Ich machte mich auf den Weg zur „Nadezhda"-Hütte, um Antworten zu suchen. Der Weg lief entlang des Bergkamms, schlängelte sich an einem Felsenmassiv vorbei und weiter durch die jahrhundertealten weißen Kiefern, Bergkiefern und Tannenbäume. Ich watete fast bis zur Hüfte in den flauschigen Schnee und machte einen Pfad.

Ich würde wohl später wieder hier entlangkommen und ich hoffte, es würde einfacher sein. Das würde es aber nur sein, wenn sich der Wind nicht verstärken und den Weg nicht mit Schneewehen verschütten würde. Langsam näherte ich mich der Hütte „Nadezhda".

Ohne zu klopfen, öffnete ich die abgeblätterte Papptür und trat hinein. Ich fand Baj[2] Vasil, einen grauhaarigen dicken Mann, etwa fünfzig, auf einem Stuhl sitzen und die Bindung eines Skis abmontieren.

„Hallo, Baj Vasko! Wie geht's?"

„Baj Vasko kannst du zu deinem Vater sagen! Ich bin immer noch jung!", sagte er hastig.

„Ich bin gekommen, um etwas Mehl und Zucker zu holen."

---

2 A.d.Ü.: Baj – familiäre Anrede an einen älteren Mann nur in Verbindung mit dem Eigennamen zum Ausdruck von Respekt und Verehrung

„Du warst doch letzte Woche schon hier. Fütterst du die Gämsen?“

„Ich füttere niemanden, mein Mehl wurde feucht und klumpig. Ich hatte es im Kasten bei den Schuhen vergessen.“

„Gut, dass du kommst, aber ich habe auch nicht viel. Ich warte auf die Mannschaft des Zivilschutzes, gleich danach auf eine Touristengruppe. Irgendwelche Kinder haben sich gestern verlaufen, so dass man sie in Aktion hat treten lassen.“

„Woher kommen sie denn?“, fragte ihn.

„Von der Berghütte ‚Slanchev den‘ oder ‚Slanchevo zwete‘, diese Namen ändern sich jedes Jahr.“

Ich erstarrte und wusste nicht, was ich sagen sollte. Etwas stimmte hier nicht. Die Entfernung von der Nadezhda-Hütte zur Slanchev den-Hütte beträgt 6–7 Kilometer. Wenn sie gestern von dort weggelaufen wäre, hätte sie nicht spät in der Nacht zu mir kommen können. Es war unmöglich, an der Skistation vorbeizugehen und zu mir weiterzulaufen. Barfuß und nackt mit einer abgenutzten Militärdecke. Irgendjemand hätte sie bestimmt gesehen. Und Baj Vasko betonte das Wort „Kinder“ mit Nachdruck, erwähnte aber keine Frau.

„Ich werde warten, bis du sie bewirtet hast, und wenn noch ein Brötchen für mich übrig bleibt …“

Vasil Stoychev sagte nichts, sondern stand auf, lehnte den bereits reparierten Ski an die Wand und nahm den zweiten. Während ich nachdenklich wartete, wurde die Tür mit einem Donner aufgeschlagen. Neun muskulöse Männer stürzten herein.

Sie stellten sich als Rettungsmannschaft aus dem Zivilschutz vor. Der Pistolenhalfter eines von ihnen schaute unter der Tarnjacke hervor, was er ziemlich ungeschickt vertuschte. Sie setzten sich um den Kanonenofen im Esszimmer herum. Auf die Schnelle tranken sie eine Tasse Tee. Sie sahen besorgt aus und redeten nicht viel. Der Anführer der Gruppe, Pavel, holte Fotos aus der Seitentasche seiner Thermojacke und legte sie auf den Tisch.

„Eine ganze Klasse mit zwei Lehrern ist verschwunden. Haben Sie sie gesehen?“

Ich schaute sie mir aufmerksam an. Auf den Fotos sah ich kleine 6- bis 7-jährige Kinder, an die ich mich nicht erinnern konnte, aber ich war beeindruckt von einem schönen Mädchen unter ihnen mit braunen, ausdrucksstarken Augen, geraden Gesichtszügen und einem unschuldigen Kinderlächeln. Es trug ein schneeweißes Hemd und eine Perlenkette mit roten Herzen.

„Ich habe sie nicht gesehen", sagte ich und zögerte, von meiner Besucherin von der Nacht zu erzählen. Im Moment würde ich über sie schweigen, weil mir diese Jungs ziemlich verdächtig erschienen.

„Bist du hier abgestiegen?", fragte mich der Mann, der das Bild gezeigt hatte.

„Nein, fünf Kilometer höher in einer kleinen Jagdhütte", sagte ich.

„Es ist in der Nähe der alten Kaserne!", sagte Baj Vasil.

„Wir kommen dich morgen besuchen, Junge. Heute werden wir den Südhang des Berges durchsuchen!", mischte sich ein bärtiger Mann in den Fünfzigern laut ein.

„Ihr seid willkommen, aber ihr sollt wissen, dass es bei mir eng ist."

„Mach dir keine Sorgen, wir werden nicht lange bleiben, wir müssen für das Protokoll die ganze Gegend durchstreifen", der bärtige Mann versuchte, mich zu beruhigen. „Wir haben keine Hoffnung, dass sie am Leben sind.

Nicht nach dem Schneesturm der letzten Nacht." Eine peinliche Stille trat ein, die ich unterbrach:

„Baj Vasko, schüttest du mir etwas Mehl ein?" Er errötete vor Ärger, weil ich ihn mit Baj anredete, aber er konnte mir keine gebührende Antwort geben.

„Gib den Sack her, ich habe etwas anderes zu tun."

„Ich werde dich in etwa zwanzig Tagen bezahlen."

Er sagte nichts und stand widerwillig auf, schüttete mir die Hälfte seiner Vorräte ein und verabschiedete sich von mir:

„Hey, Schreiber, schau dich auch nach Spuren um! Das Schwierigste auf dieser Welt ist, sein Kind zu verlieren!"

Schließlich packte ich meinen Mehlsack und ging stolpernd los. Ich hatte einen langen und anstrengenden Weg vor mir. Ich dachte an die Kinder. Ich wollte, dass sie lebendig und gesund sind und wenn möglich vor Sonnenuntergang gefunden werden. Ich machte mich traurig und verwirrt auf den Weg. Also wurde die Frau bei mir nicht gesucht. Wer ist sie? Ich erinnerte mich an ihren verängstigten Blick, an die Wunde in ihrem Gesicht, an ihre undeutliche Sprache. Letzte Nacht war etwas Schreckliches passiert und ich hatte das Gefühl, als würden die Vögel einen drohenden Sturm spüren.

Zum Glück hatte der schneidende Wind vom Morgen aufgehört und hatte auf dem Pfad, den ich ausgetreten hatte, keinen Schnee angehäuft. Ich ging mühsam, nach Kinderspuren suchend und vom Gewicht des Sackes gebeugt. Sehr bald brach eisiger Schweiß auf meiner Stirn aus. Darauf achtete ich nicht, so hungrig war ich! Ich überlegte, was ich zum Abendessen zubereiten sollte. Ich hatte nur eine Kiste voller Kartoffeln und ein Fass mit gesalzenem Speck.

Ich würde sie in Scheiben schneiden und alles zusammen auf einem Blech im alten Gusseisenofen braten. Mein Mund füllte sich mit Speichel. Würde mein ungebetener Gast auch das Abendessen genießen, weil ich ihr nichts anderes zu bieten hatte? Die verlorenen Kinder vergaß ich völlig.

Ich fragte mich, was diese schöne Frau in meinem Häuschen tat. Ich hoffte selbstsüchtig, dass sie nicht weg war. Nicht dass sie es nicht könnte. Es gab genug Kleidung und Stiefel in der Hütte, die sie benutzen konnte, um wegzugehen, ohne dass ich ihren Namen erfuhr. Sie konnte den Weg zum Südhang nehmen, der zum „Paleza" führte, von wo aus eine einsitzige Seilbahn direkt in das malerische Feriendorf Edelweiß abfuhr. Selbst wenn ich sie nie wieder sehen würde, würde die Erinnerung an diese Nacht niemals verblassen. Ich seufzte schwer, nicht nur wegen des möglichen Verlusts der Fremden. Der Pfad wurde steiler und steiler. Ich bemühte mich, tief zu atmen, und begann, mit kleinen Schritten hinaufzusteigen. So spürte ich das schwierige

Gelände nicht und hörte nur das Knirschen des Schnees unter meinen Füßen.

Mit letzter Kraft erreichte ich die Jagdhütte und klopfte keuchend an die Tür. Ich betete, dass sie noch da war. Ich hatte keine Ahnung, wer sie war, aber ihre Anwesenheit beruhigte mich und zog mich magnetisch an. Ich klopfte dreimal an die Stahltür, wartete eine Weile und dann öffnete sie sich. Ich sah meine Gästin meinen alten Wollpullover tragen, der einst von meiner Großmutter gestrickt worden war und ihr fast bis zu den Knien reichte.

„Hallo!" Ich begrüßte sie freundlich und fühlte, wie meine Stimme zitterte.

Sie lächelte charmant. Für einen Moment stockte mein Atem. Ich ging hinein, ohne den Schnee von meinen Wanderschuhe abzuschütteln, und nahm den Sack von meinen Schultern herunter. Dann ging ich wieder zum Schuppen, wo ich das Brennholz aufgestapelt hatte. Ich nahm zwei Holzscheite und wickelte ein Stück Speck aus dem Fass, das ich in einer Nische hinter dem geschnittenen Holz versteckt hatte, in eine alte Zeitung. Ich ging in die warme, gemütliche Hütte und zog meine Oberkleidung aus. Sie reichte mir eine Tasse heißen Tee und berührte unbewusst meine Finger. Ich nahm einen Schluck von dem aromatischen Getränk und entspannte mich. Ich musste etwas zum Abendessen machen.

Die Kartoffeln waren in einer großen Holzkiste, direkt neben der für die Schuhe. Ich öffnete sie, nahm ein paar und legte sie neben den Speck auf den Tisch. Meine Küchenutensilien hingen an einem Brett darüber, sodass ich nicht jedes Mal laufen musste, wenn ich etwas zubereitete.

Das Blech hatte ich vergessen, deswegen ging ich auf den Hof zurück. Ich wusch es nie, sondern rieb es nur mit Schnee ab. Ich fand es leicht und ging zu der Unbekannten zurück. Sie hatte das Messer genommen und schnitt den Speck in zarte Stücke. Unmerklich fiel mein Blick auf ihr Dekolleté. Ihre prächtigen Brüste schwangen in symmetrischem Takt. Sie hatte sich vorgebeugt und der ausgeleierte Pullover gab mir die Gelegenheit, einen Augenblick Schönheit zu stehlen. Auf keinen Fall wollte ich ihre Würde verletzen oder sie beleidigen, also schaute ich weg.

Die Perlenkette mit den roten Herzchen des gesuchten Mädchens hing an ihrem Hals. Ich war sprachlos und wusste nicht, was ich tun sollte. Sie war zwei Schritte weit von mir und schnitt die rohen Kartoffeln. In ihren Augen war die Frage zu lesen: „Was hast du gesehen, dass du das Blech hast fallen lassen?" Ich näherte mich ihr vorsichtig und bat sie in einem gleichmäßigen Ton:

„Bitte gib mir das Messer!"

Sie sah mich fragend an, zögerte kurz und gab es mir zurück. Ich hatte das Gefühl, dass eine Ewigkeit vergangen war.

„Woher hast du das?" Ich nickte zu ihrem Hals.

Sie zuckte unwillkürlich die Achseln, verschränkte die Arme und nahm ihre Halskette ab. Sie wollte sie mir geben, genau wie ein Kind. Ich schüttelte meinen Kopf und nahm ihre zarten Hände in meine.

„Nein, ich will es nicht. Es gehört dir.", schüttelte ich den Kopf und lächelte.

Jetzt fragte ich mich, ob ich überhaupt schlafen könnte. Unzählige Gedanken gingen mir durch den Kopf. Wir aßen langsam zu Abend und sie genoss jeden Bissen. Für mich war es anders. Es war, als hätte eine unsichtbare Hand meinen Hals gepackt und mich am Schlucken gehindert. Ich konnte nur daran denken, all die scharfen Gegenstände zu verstecken. Es konnte auf keinen Fall ein Traum sein, Gott, sie trug die Halskette des kleinen verlorenen Mädchens!

Ich beendete das Abendessen mehr schlecht als recht und nahm das Geschirr heraus. Die Utensilien versteckte ich gut zwischen den Bäumen. Auf dem Rückweg nahm ich wieder zwei knorrige Holzklötze mit, die das Feuer in der Nacht am Brennen hielten. Ich konnte kaum schlafen, geschweige denn den fantastischen Kinderroman schreiben. Manchmal sehen Leute Dinge, die sie nicht sollten. Auf Gedeih oder Verderb. Einige würden die Bibel zitieren und sagen: „Gottes Wege sind unergründlich", andere würden sich an die Kausaltheorie halten und eine kleine Anzahl, wie ich, würde keine Logik suchen.

Viele Ereignisse sind nicht auf den gesunden Menschenverstand angewiesen und es ist besser, sie niemals aufzudecken. Sogar die Frage, wie die Kinderperlenschnur mit den roten Herzchen am Hals meiner Gästin landete, verbarg einen verrückten Albtraum, den ich vorausgesehen hatte und den ich auf jegliche Weise vergessen wollte. Ich hatte Angst vor der Wahrheit und wollte meinen Kopf in den Sand stecken, bis alles vorbei war, aber es war zu spät. Wo immer ich meine Augen hindrehte, sah ich ihre, wohin ich auch ging, suchte ich nur nach ihr. Und jetzt war sie unter die dicke Decke gerutscht und schlief tief und fest. Ich hatte mich auf meine Ellbogen auf den Eichentisch gestützt und dachte darüber nach. Ab und zu schürte ich die Glut und wartete darauf, dass die Kohlen ein wenig erloschen, um den zweiten Holzklotz nachzulegen.

In ihrem Schlaf sah sie so unschuldig und harmlos aus. Das Feuer wärmte nach und nach meinen ganzen Körper durch. Unmerklich wurde ich vom Schlaf übermannt.

Plötzlich erschreckte mich ein lauter Schlag an der Tür. Ein nächster und ein nächster folgten. Und dann hörte ich deutlich ein gruseliges Kratzen. Ein weiterer Schlag folgte. Ich hatte keine Zeit, mich zu wundern, und reagierte instinktiv. Ich sprang auf und drehte den Verriegelungsmechanismus zweimal. Bei einem so starken Stoß würde die Metallzunge des Schlosses nachgeben, aber so verriegelt, konnte nur ein Geschoss sie zerstören. Glücklicherweise hatte der Raum keine anderen Ausgänge und die Fensterchen waren sehr klein und durch dicke Eisenstangen geschützt. Ich sah sie an. Sie saß und weinte tonlos.

Sie hatte den Mund geöffnet und Tränen flossen aus ihren Augen. Ich hatte keine Zeit, sie zu trösten, zog den dicken Planenvorhang leicht zur Seite und sah aus dem Fenster. Was ich sah, könnte ich nicht ausführlich beschreiben. Er war weder ein Bär noch ein Wolf. Ein großes, schwarzes, haariges Lebewesen mit einem übermäßig großen Kiefer schnupperte die Luft! Es war ganz mit dickem Fell bedeckt und am gruseligsten waren seine Augen, wenn es überhaupt Augen waren. Es war, als hätte der Schöpfer meine Kohlen aus dem Ofen genommen und auf seine Schnauze gelegt. Ich hatte Glück, dass es mich nicht bemerkte. Es drehte sich wieder um und verschwand lautlos zwischen den Bäumen. Die einzigen Waffen, die ich hatte, waren die Axt unter dem Schuppen und das Messer, das daneben versteckt war.

Was für ein Trottel ich war! Aber ich hatte keine andere Wahl, als mich an die Gästin zu wenden. Ich umarmte sie und streichelte ihr schönes Gesicht. Ich fühlte sie am ganzen Körper zittern.

„Amarok!", flüsterte sie leise und drückte mich so stark, als würde sie mich niemals gehen lassen.

Egal, ich musste bei ihr bleiben. Ich lag und sie hatte ihren Kopf auf meinen Arm gelegt. Mehr sagte sie nicht. Ich war geschockt und wartete mit starker Sehnsucht auf den kommenden Morgen. Das Feuer erlosch und im Haus wurde es kühler. Wir waren unter der dicken Decke, umschlungen, erwärmt und schrecklich müde. Unmerklich schliefen wir ein.

★★★

Der Morgen brachte belebendes Licht. Ein rosa Schimmer färbte die schneeweißen Kuppeln der Bergkiefer. Aufgeweckt hat mich das sorglose Zwitschern der Meisen. In der Ferne hallte das Klopfen eines rotgefiederten Spechts wider. Ich stand schnell auf, wagte es aber immer noch nicht, hinauszugehen. In den Bergen herrschte eine trügerische Ruhe. Ich schaute aus dem Fenster – von dem Wesen war nichts zu sehen. Ich drehte mich zu der schönen Frau um, die gerade ihre haselnussbraunen Augen geöffnet hatte. Ihre symmetrischen Augenbrauen betonten sie und die langen, gebogenen Wimpern fügten einen Tropfen Weiblichkeit über ihre gerade, schmale Nase hinzu. In meinem Kopf war ein Plan entstanden. Ich wollte mehr über sie wissen. Ich muss ihr irgendwie helfen.

„Steh auf, Schönheit! Ich möchte, dass du etwas siehst!"

Während sie meine alten Kleider anzog, legte ich in einen etwas abgenutzten Planenrucksack Vorräte hinein – Zwieback und zwei dicke Stücke getrocknetes Hirschfleisch, ein Geschenk von Baj Vasil. Ich hatte sie für freudlose Tage versteckt, aber es schien, dass diese bereits eingetreten waren. Ich zog mich wie für einen langen Spaziergang an, nahm die kleine zweischneidige Axt aus dem Schuppen und befestigte sie an einem speziell genähten Metallring an meinem Rucksack. Ich schloss die Stahltür ab und berührte die Kratzspuren des Lebewesens mit meinem Finger.

Sie waren nicht tiefer als fünf Millimeter, aber für eine massive, etwa eine Spanne dicke Stahltür, die mit alter Militärtechnologie hergestellt wurde, waren sie geradezu beängstigend. Ich stelle mir vor, was passiert wäre, wenn sie aus Holz wäre. Ich wollte nicht, dass wir noch länger vor dem Häuschen bleiben, weil der Nachtbesucher wieder zurückkommen könnte. Wir machen uns auf den Weg, diesmal über die Hütte. Ich suchte nach Spuren seiner Pfoten, fand aber keine. Wahrscheinlich hatte der Wind Schnee angehäuft und sie eifrig bedeckt.

Meine Gesellin ging hinter mir und gab keinen Laut von sich. Wir gingen zu der alten Kaserne anderthalb Kilometer über der Jagdhütte. Es schien mir, dass die alte Militärdecke, mit der sie in dieser Nacht gekommen war, von dort war. Gut, dass Baj Vasil sie den Neun gegenüber erwähnte, als er den Standort meines Häuschens beschrieb. Hoffentlich würde mich meine Logik nicht irreführen.

Es gab keinen Weg nach oben, ich trat mit den Füßen zwischen die Bäume, wohin ich konnte. Die Frau folgte mir schweigend. Der Hang war steil, aber er würde uns nicht aufhalten. Wir kletterten in kleinen Schritten, hielten von Zeit zu Zeit an und atmeten tief durch. Bald wurden die Bäume viel weniger und durch Wacholder ersetzt. Wir befanden uns bald vor der Kaserne. Vernachlässigte, rissige und nutzlose Gebäude. Der Metallzaun fehlte, aber die komischen Eisentüren ragten heraus. Eine war halb offen und wir traten verstohlen ein. Meine schöne Gesellin schloss sie sogar hinter sich, wie aus Gewohnheit.

Ich drehte mich um und las das Schild an der Tür, das mich zum Lachen brachte: „Der Dienst ist hart, aber dafür langwierig!“

Sie sah mich verwirrt an und ich winkte mit der Hand, als würde ich mich an etwas erinnern, was ich vor langer Zeit erlebt hatte. Der Platz war riesig. Er muss mindestens dreihundert Personen aufgenommen haben. Der Fahnenmast stand noch. Wir begaben uns zum Stabsquartier.

Plötzlich zog sie meinen Arm und führte mich in eine andere Richtung zum Schlafsaal der Soldaten. Ich sah sie fragend an und sie antwortete:

„Inki-Nanka!"

„Was? Ich verstehe dich nicht?"

Sie dachte einen Moment nach und sagte:

„Freundin! Von hier!"

Ich beschloss, ihr zuzuhören, und wechselte die Richtung. Ob sie sich an etwas erinnerte oder sie nur stockend sprach, musste ich erst noch herausfinden und das ermutigte mich und weckte meine Neugier noch mehr. Wir betraten das Gebäude des Schlafsaals, das neben einem riesigen Felsenmassiv errichtet worden war. Hier herrschte Dämmerung. Die Fenster waren mit Staub und Schmutz befleckt.

In dem breiten grauen Korridor roch es stark und unangenehm nach stehender, feuchter Luft. Wir übersprangen ein paar Spanplattenschränke und gingen weiter, bis wir das Ende des Korridors erreichten, wo die Unbekannte wieder meine Hand zog. Mein Puls beschleunigte sich. Wir bogen links auf die Treppe zum zweiten Stock ab, als ein Brummen erschallte. Tief und lang.

Es ließ einem das Blut in den Adern gefrieren. Mit Sicherheit kam es aus dem Erdgeschoss des Gebäudes. Ich drehte mich zu ihr um, ihre sorgenvollen Augen waren weit geöffnet. Sie zog mich mit rasender Kraft die Treppe hinauf. Die Hand, mit der ich sie hielt, schwitzte. Ich erinnerte mich an das Äxtchen und griff danach, um es herauszunehmen. Egal, was von nun an geschehen würde, war ich fest davon überzeugt, dass ich mein Leben nicht ohne Kampf hergeben würde!

Und da waren wir im zweiten Stock. Ein zweites ohrenbetäubendes Brüllen hallte irgendwo unter uns wider! Das Wesen war auf unserer Spur. Seine schweren Schritte waren deutlich zu hören, als es die Mosaikstufen hinaufstieg. Wir hatten keine Zeit! Mit letzter Anstrengung erreichten wir den dritten Stock. Sie zog mich mit aller Kraft den Flur entlang bis wir in den vorletzten Schlafsaal gelangten. Ich wagte es nicht, mich umzudrehen, folgte ihr und schlug die Tür zu. Ich verbarrikadierte sie mit zwei Militärbetten. Das Monster stieß mit schrecklicher Wucht gegen die Tür und würde in wenigen Minuten bei uns sei. Ich drehte mich zu ihr um, aber ich sah nicht, wo sie sich versteckte. Ich geriet in Panik. Dann sah ich die offene Tür der Schließfächer der Soldaten, ging dorthin, als ich meine Begleiterin darin versinken sah.

Ich hatte keine Zeit. Die Bestie brach die Tür auf und stürmte ins Schlafzimmer. Ich warf mich kopfüber in den Schrank und die Dunkelheit hüllte mich ein. Ich rollte mich vorwärts und fiel auf den Rücken. Ich öffnete die Augen, sah aber absolut nichts. Von dem Lebewesen war nichts zu sehen. Ich stand auf und gewöhnte mich allmählich an die Dunkelheit. Zum Glück verschluckte sie nicht alles.

Stattdessen begann sie, türkisfarben zu funkeln. Es war, als hätte ich unzählige Sterne am Himmel gesehen. Aber es gab keinen Himmel. Ich befand mich in einer geräumigen felsigen Halle, deren Decke mit seltsamen pulsierenden Lichtern übersät war. Die Frau reichte mir die Hand und half mir, aufzustehen.

„Was ist das hier für eine Stelle?" fragte ich sie einfach.

„Ein Weg. Komm schon!"

Ich zögerte einen Moment, folgte ihr aber. Ihr Satz war kurz, klar und verständlich. Und sie selbst schien ruhiger zu sein. Vielleicht erholte sich ihr Geist. Wir gingen unter einem niedrigen, gewölbten Tunnel hindurch, an seinen Wänden bemerkte ich Metallfragmente, die in den Felsen selbst eingeflochten waren. Der Weg ging bergauf und wir stolperten ständig über Felsen und Rhizome. Nicht lange danach blitzte am Ende des Tunnels ein resedafarbenes Licht auf. Ich begann zu glauben, dass ich träumte, und wünschte mir, es wäre nur ein Traum.

Wir erreichten das Licht, das weich und nicht reizend für das Auge war. Eine glänzende, transparente Kuppel hatte sich geöffnet und wir gingen hindurch. Wir befanden uns auf einer halbkreisförmigen Überdachung und unter uns erstreckte sich ein unendliches fantastisches Feld. Auf mehreren Etagen waren farblose Sarkophage unterschiedlicher Größe und Art angeordnet. Darin lagen entstellte Wesen verschiedener Formen. Am nächsten zu mir sah ich Waldtiere mit abgetrennten Gliedmaßen. Auf meiner rechten Seite erkannte ich die neun Männer des Rettungsteams.

Sie hatten alle große unblutige Hohlräume anstelle der Mägen. Ich erstarrte und konnte meine Augen nicht von ihnen lassen.

„Sind sie alle tot?", fragte ich.

Sie nickte zustimmend und gab mir ein Zeichen, eine kleine Wendeltreppe hinunterzugehen, die am östlichen Ende der Überdachung gut versteckt war. Ich ging versteift, als würde ich nicht meine eigenen Beine benutzen. Sie blieb vor einer runden Metalltür stehen, drückte auf einen geheimen Mechanismus, schubste sie leicht und die Tür ging auf. Wir betraten einen kleinen kegeligen Raum. Er bestand aus fremden Metallfragmenten, von denen einige in beruhigendem Grün schimmerten, während andere einfach weiches Licht reflektierten.

„Inki-Nanka!", schrie sie. „Inki-Nanka!"

Im nächsten Moment blitzte ein helles Licht gegen das Ende des großen Trichters auf, der sich ausdehnte, und daraus trat das, was sie so laut rief.

Es war nicht größer als eine Handbreit. Sein Körper war grau mit ausgeprägten kleinen weiblichen Brüsten und einem übermäßig großen Kopf. Er schien aus Buchenblättern geflochten zu sein, so dass ein schönes ovales Gesicht mit einem geriffelten Kamm entstand. Seine blattförmigen Flügel flatterten flink. Die schwarzen glänzenden Augen ohne Pupillen folgten mir. Es ging direkt auf mich zu. Als es ungefähr drei Schritte entfernt war, beugte es sich vor und verkürzte den Abstand. Es berührte meine Nase.

„Hilf uns. Wir sind in Lebensgefahr!“, sagte es mir, aber nicht in Worten. Die Stimme sprach in mir. Dann berührte mich das fliegende Lebewesen, dieses Mal an der Stirn, und ich hielt sein Händchen länger. Die Lichtlein über mir fielen in Tausende von Funken auseinander und verschwanden im Nichts.

Ich spürte, wie mich jemand auf die Wangen schlug. Ein, zwei, drei Mal. Ich öffnete meine Augen und mein Blick war getrübt und ich hatte starke Kopfschmerzen. Von Inki-Nanka war nichts zu sehen.

„Los, gehen wir!“, befahl sie mir. „Wir haben keine Zeit!“

Ich konnte es nicht glauben. Meine Gesellin sprach schon ganz normal!

Ich konnte sie nicht mit Fragen überschütten, weil sie vor mir rannte, und ich versuchte, nicht zurückzubleiben. Der Tunnel schlängelte sich nach links und rechts, auf und ab und weitete sich immer mehr. Die Luft war nicht abgestanden und es gab sogar eine Strömung. Sie kam mit dem fernen Dröhnen eines fallenden Gewässers. Wir gingen weiter. Die Verbreiterung des Tunnels verwandelte sich in ein titanisches unterirdisches Tal, das mit Stalaktiten, Stalagmiten, massiven Stalaktonen, Drapierungen und Leisten übersät war. Hier und da wuchsen Pilze und Farne. Die blaugrünen Lichter leuchteten wieder auf dem Megalithgewölbe. Ein breiter unterirdischer Fluss teilte das Tal in zwei etwa gleich große Teile. Der Fluss war glatt wie ein Spiegel und spiegelte den magischen Felsbogen wider. Wir gingen schnell flussaufwärts. Das Brüllen wurde lauter und ein hoher, voll fließender Wasserfall öffnete sich vor uns in all seiner Pracht und Kraft. Seine Wasserspritzer bildeten einen feinen Nebel, der sich ausbreitete und die hoch gewachsenen Pflanzen nährte.

Wir liefen wie auf einem weichen Teppich. Aber irgendetwas ließ die Frau anhalten und sich zwischen zwei große Steine hinhocken.

Ich folgte ihr instinktiv. Ein kehliges Gebrüll hallte durch das Tal und übertönte für einen Moment den Wasserfall. Ich schloss meine Augen vor dem Schmerz in meinen Trommelfellen. In meinem Kopf tauchte eine Gestalt auf. Ich ging dorthin zurück, wo Inki-Nanka meine Nase berührte.

Ich fragte:

„Woher kommst du?“

„Vom Gestirn Omega, dem Planeten RSX-0.“

„Wer bist du?“

„Nach Ihrer Kardaschew-Skala[3] bin ich eine Außerirdische vom dritten Typ.“

„Was machst du auf der Erde?“

„Ich erwarte Rettung.“

„Bist du schon mal hier gewesen?“

„Nein.“

Meine Kopfschmerzen verstärkten sich wieder und ich öffnete meine Augen.

Ich kniete mich neben meine Begleiterin und wagte es nicht, mich zu bewegen.

„Wir sind zu spät. Er kommt“, flüsterte sie.

Ich spähte über ihre Schulter. Mein Herz raste. Ich stand mit halb offenem Mund da und versuchte auf jede Art und Weise, das Biest zu finden. Aber ich sah überhaupt nichts und das erschreckte mich noch mehr. Ich griff nach meinem zweischneidigen Äxtchen und zog es langsam mit einer Hand heraus. Das Mädchen drehte sich zu mir und zischte leise.

Ich musste leiser sein, obwohl der Wasserfall die meisten Geräusche übertönte. Wir warteten versteckt in der dunklen Nische zwischen zwei großen Felsen. Ich schaute nach vorne zum Unbekannten. Langes Warten war nicht nötig. Der Wasserfall teilte sich in zwei und in der Mitte guckte das schrecklichste Gesicht heraus, das ich je gesehen hatte. Zuerst sah ich seine Zähne, so groß wie Küchenmesser, in seinem offenen Mund nebeneinander aufgereiht. Die Zunge ähnelte der von Schlangen, in zwei geteilt, aber viel breiter. Seine Nase ragte hervor und er schnupperte in die Luft.

---

3 Ein Begriff, der 1964 vom russischen Astronomen Nikolai Kardaschew zur Bestimmung der Zivilisationsart nach ihrer technologischen Entwicklung vorgeschlagen wurde. (Anm. d. Verf.)

1.

Ich wollte nicht in seine Augen schauen, aber mein Blick fiel ausgerechnet darauf. Dort brannten zwei höllische Löcher, als wäre ihnen das Leben entzogen und sie suchten nach jemand anderem, um sein Leben zu verzehren.

Meine Kopfschmerzen fingen wieder an, verstärkten sich und brachten mich zu meinem Kontakt mit Inki-Nanka zurück.

„Wer sind all die in den Sarkophagen?"

„Boten aus anderen Galaxien."

„Aber Erdlinge liegen auch da?"

„Sie sind zufällige Opfer."

„Hat Amarok das getan?"

„Ja."

„Warum bewahrst du ihre Überreste auf?"

„Ich nehme Proben."

„Wofür brauchst du sie?"

„Zur Reinkarnation."

„Du wirst sie wieder zum Leben erwecken, nicht wahr?"

„Ja."

Ihre Hand packte mich fest und brachte mich zur rauen Realität zurück.

Ich war blockiert und hatte keinen Plan. Eigentlich hatte ich einen, und zwar, mich so weit wie möglich von diesem Biest zu entfernen, das nicht von unserem Planeten war. Ich hatte keine Ahnung, was passieren würde, wenn ich ihm Auge in Auge begegnen würde. Ich würde wahrscheinlich sterben. Ich hatte keine Waffe, mit der ich mich verteidigen konnte. Mit diesem kleinen zweischneidigen Äxtchen konnte ich nur Holz hacken. Außerdem hatte ich keine besonderen Fähigkeiten, um es wie ein Kampfsportmeister zu schwingen oder es wie ein ausgebuffter Mohikaner zu werfen. Aber die Frau schien etwas vorzuhaben. Ihr selbstbewusster und unerschütterlicher Blick verriet eine kühne Entschlossenheit.

„Erinnerst du dich an deinen Namen?“, flüsterte ich leise.

„Ich hatte einen anderen Namen, aber Inki-Nanka hat mich Eva genannt“, sagte sie, griff vorsichtig in meinen Rucksack und zog ein Stück von der getrockneten Hirschkeule heraus.

Sie warf es, wie die Aborigines ihre Bumerangs werfen. Es landete sanft auf dem grünlich-braunen Moos direkt neben dem Wasserfall. Das Tier flitzte hinaus, passierte die Wassersperre, ohne nass zu werden, und landete auf der Keule. Es biss zu und schloss seine Kiefern. Weder kaute noch schluckte es das Fleisch, es verdaute es wahrscheinlich wie die Seesterne. Eins war sicher – es stand still und auf seine Verdauung konzentriert.

Wir gingen südwestlich des Wasserfalls, damit Amarok uns nicht bemerken konnte. Wir befanden uns hinter ihm und zogen langsam weiter, bis wir in einen engen, künstlichen Schacht gerieten.

Eva stieg zuerst ab, gefolgt von mir. Als wir glücklich unten waren, gab sie mir ein Zeichen, ihr zu folgen. Wir gingen gebückt den engen Tunnel entlang. Unsere Füße waren nass, weil wir in knietiefem Wasser wateten. Es gab kein Licht. Ich ging blindlings weiter und achtete darauf, Eva nicht zu verlieren. Sie verlangsamte ihren Schritt und zog sich an die Oberfläche hoch. Ich half ihr hinauf. Meine Oberarme waren vom Holzhacken in der Jagdhütte stark geworden.

Wir waren ein ganzes Stück vom Wasserfall entfernt. Das Biest war nicht mehr dort, wo wir es zuletzt gesehen hatten. Wir steuerten auf den Unterwasserfluss zu und hielten an seinem Ufer an. Eva drehte sich um, um mir etwas zu sagen, konnte es aber nicht, weil der Boden unter uns bebte und Stalaktiten aus dem Gewölbe des riesigen Saals zu bröckeln begannen. Wir konnten uns nirgends verstecken, also hielten wir unsere Augen auf das Gewölbe der Feuerhöhle gerichtet und achteten darauf, nicht von einem von ihnen zerquetscht zu werden. Es war keine gute Idee, ohne Ziel loszurennen. Wir bückten uns, weil wir Amarok gleich hinter der Ostmauer sehen konnten. Er stand mit dem Rücken zu uns, kratzte mit rasender Wut daran und versuchte, ein Loch darin zu bohren. Offensichtlich wurden die Erschütterungen von ihm verursacht. Eva drückte meine Hand und flüsterte:

„Der Wolf wird die Quarzgräber erreichen.“

„Das Feld der Toten? Wozu braucht er sie?“

„Er hat Hunger.“

„Werden wir ihn aufhalten?“, fragte ich.

„Wir müssen. Wenn wir es nicht schaffen, wird er an Kraft gewinnen und wir werden alle sterben.“

„Aber wie werden wir es tun?“

„Glaub mir. Ich weiß, wie.“

Ich kam gar nicht darauf, was sie vorhatte. Und meine Gedanken wirbelten wegen dieser wiederkehrenden Kopfschmerzen durcheinander, was mich zu dem „Gespräch“, oder besser gesagt, dem telepathischen Informationsaustausch mit Inki-Nanka zurückbrachte:

„Hat die Frau neben mir etwas mit den Kindern und dem kleinen Mädchen mit der Perlenkette zu tun, die die neun toten Männer vom Rettungsteam suchten?“

„Ja. Sie selbst ist das Mädchen.“

„Aber wie ist das möglich?“

„Amarok tötete sie zusammen mit anderen Schülern und Lehrern. Der Vielfraß zog sie aus seinen Zähnen und bezahlte mit seinem Leben. Der Beschützer brachte ihre halbe Leiche. Ich habe sie rekonstruiert und ihr einen neuen Namen gegeben. Alle anderen, außer dem Beschützer und die neun, wurden gefressen.

Es folgte eine kurze Pause und sie fuhr fort:

„Ohne genetisches Material kann ich niemanden zurückbringen.“

„Aber wie kommt es, dass Eva ein Mädchen war und jetzt eine große, reife Frau ist?“

„Ich hatte nur Zeit, um ihre Lebensprozesse zu beschleunigen und ihre Erinnerungen zu löschen, damit sie neues Wissen über die Welt erlangt.“

„Und mich zu dir bringt?“

„Ja. Ich bin allein. Der Beschützer ist im Winterschlaf. Er befindet sich in einem tiefen Schlaf.“

„Aber ich bin kein Kämpfer. Auch kein Jäger!

„Sie wird dich anleiten.“

Meine Kopfschmerzen vergingen und meine Erinnerungen kehrten allmählich zurück. Eva schüttelte mich heftig. Es schien, als hätte ich mich hinreißen lassen. Sie drehte sich zu mir und sagte:

„Geh parallel zu mir, in zehn Schritten Abstand. Wenn ich dir ein Zeichen gebe, lauf so schnell wie möglich in Richtung des Wasserfalls. Kurz vor dem kammartigen rostfarbigen Felsen befindet sich eine schmale Felsspalte. Dorthin sollst du gehen.“

Sie nahm mir die Axt aus der Hand und ging auf die Bestie zu. Ich folgte ihr parallel, schlängelnd zwischen die Felsen und Stalagmiten hindurch. Sie schlich von Amarok unbemerkt gleich neben ihm her. Ich blieb zwanzig Schritte von ihnen entfernt stehen und wartete auf ihr Zeichen. Aber es gab kein Zeichen! Eva hob die Axt mit beiden Händen und schwang sie mit aller Kraft auf den Boden. Erst jetzt bemerkte ich seinen Schwanz. Er sah aus wie der einer Maus, aber um ein Vielfaches vergrößert. Sie schnitt ihn mit einem Schwung ab und versteckte sich in einer Nische aus erodierten Felsen. Die Bestie sprang auf und stieß ein ohrenbetäubendes Brüllen aus. Sie hatte sich zu mir umgedreht. Ich wartete nicht auf das Zeichen und raste auf den Wasserfall zu. Amarok folgte mir.

Noch zwei Sprünge und es hätte mich erwischt. Dann hörte ich Evas Siegesschrei. Ich hatte keine Zeit, zu raten, was sie getan hatte. Ich schaffte es, den rostigen Felsen zu erreichen, fand im Laufen den Spalt und sprang. Ich hatte erwartet, dass das Monster von oben auf mich zustürmen würde, aber irgendetwas hatte es angehalten. Ich drehte mich ängstlich um und könnte meinen Augen nicht trauen! Das Tier hatte sich in einem glühenden Spinnennetz verwickelt! Und dessen Farbe war die gleiche wie die der glitzernden Glühwürmchen im Gewölbe. Offensichtlich hatten sie es geschafft. Eva näherte sich mit siegessicherem Schritt und zog achtlos die Axt mit einer Hand hinter sich her. Sie hielt an und stieß einen Siegesschrei aus.

Mehr und mehr Spinnnetze fielen herab und umwickelten die Bestie. Das Tier drehte sich, heulte verzweifelt, konnte aber nicht auf die Beine kommen. Eva stand ein paar Meter von ihm entfernt und hielt die Axt hoch über ihren Kopf. Sein Körper errötete mit der Farbe von rotglühendem Eisen und die Spinnweben verflüchtigten sich. Amarok hatte kein Fell mehr, er bestand aus dem vierten Aggregatzustand – Plasma! Ich kann es nicht in Worten beschreiben – er hat es geschafft, seinen materiellen Körper in einen Energiekörper zu verwandeln. Es war, als sähe ich einen kugelförmigen Blitz in Form eines riesigen Wolfes, dessen Masse und Form gleich blieben, so dass die Schwerkraft keinen wesentlichen Unterschied in seiner Bewegung machte!

Eva erschrak und schien, als weigerte sie sich, es niederzumachen. Sie machte eine scharfe Kurve zu mir hin und sprang in die Felsspalte. Meine Kopfschmerzen verstärkten sich. Ich erinnerte mich wieder an einen Teil der telepathischen Kommunikation mit Inki-Nanka:

„Warum bist du hier?“

„Ich habe nach dem seltensten chemischen Element im Universum gesucht.“

„Wozu brauchst du es?“

„Es versorgt die Ellipse der Erlösung.“

„Hast du es finden können?“

„Ja. Im Kern Eures Planeten. Die Extrahierung hat mich 70 Prozent der Startleistung des Schiffes gekostet.“

„Konntest du deshalb nicht fort?“

„Nein. Ich habe auf einen Empfänger für die Ellipse gewartet.“

„Meinst du mich damit?“ Es gab eine kurze Pause.

„Nicht gerade dich, aber nach dem Verlust von Vielfraß hatte ich keine Wahl.“

„Amarok verfolgt dich. Wer ist er?“

„Er ist aus einem anderen Universum. Ein Regulator.“

Meine Sicht verschwamm und ich fand mich in der Realität wieder.

„Schnell, wir müssen in den Tunnel!“, rief Eva. „Folge mir!“

Ich rannte ihr hinterher, ganz verschwitzt und mürrisch, mein Herz klopfte wie verrückt und ich betete, dass es so schnell wie möglich vorbei sein möge. Ich kümmerte mich nicht mehr um mich selbst, meine Beine schmerzten, ich fühlte mich schwindelig und ab und zu blockierten Migräneanfälle mein Gehirn. Obendrein war ein außerirdisches Wesen hinter uns her und unser Leben stand auf dem Spiel. So leicht wollte ich nicht aufgeben. Ich konnte den naiven Lebenswillen in Evas Augen sehen und das erlaubte es mir, nicht zu verzagen.

Sie bog scharf nach links ab, machte ein paar Schritte und sprang über einen breiten, mit Stalagmiten übersäten Graben. Ich folgte ihrem Beispiel, aber mein Sprung war nicht so gut und ich blieb am Rand des Grabens hängen. Ich schnappte mir einen scharfen Stein und zog mich hoch. Ich stieg mit einem Bein hinüber und schaute zurück.

Das Untier stand regungslos auf der anderen Seite und starrte mich direkt an. Die Zeit, die ich brauchte, um aufzustehen, hätte nicht ausgereicht. Amarok wäre in einem Sekundenbruchteil bei mir.

Eva hatte die Situation klar eingeschätzt, drehte sich um und stieß ihren Siegesschrei aus. Ich dachte, das sollte es ablenken, damit ich aufstehen konnte. Sie trat zurück und das Biest drehte seinen Kopf und sprang über den Graben. Eva rannte unmenschlich schnell auf den Wasserfall zu, genau wie eine galoppierende Antilope, kletterte einen Ast hinauf und stürzte sich in die schäumenden Fluten des Flusses. Der Wolf blieb am Rand stehen und weigerte sich, ihr zu folgen.

Ich wartete nicht länger. Sowieso verschwendete ich nur wertvolle Zeit. Ich wusste, wo ich hin musste. Ich ging auf den Tunnel zu, der zu den endlosen Quarzfeldern der toten Männer führte. Ich musste Amarok irgendwie aufhalten, aber ich wusste nicht, wie, nachdem er sich verändert hatte. Was sollte mit Eva geschehen, um die ich mich so sehr kümmerte? Ich begann, fieberhaft zu denken, mein Herz klopfte wie verrückt, während ich durch den Tunnel rannte. Bald erreichte ich die Metalltür und drückte den versteckten Mechanismus. Ich öffnete sie und schlüpfte hinein. Ich hatte keine Zeit zu verlieren. In diesem Augenblick schoss wieder ein stechender Schmerz durch meinen Kopf. Ich brach zusammen und der Schmerz brachte mich vor Inki-Nanka zurück.

„Was stellt der Wolf dar?“

„Er ist ein Derivat eines bösen Geistes."

„Ist er gekommen, um zu töten?"

„Das Leben in unserer Welt ist wie eine Seuche. Er ist gekommen, um es zu regulieren."

„Aber ich will nicht sterben!"

„Früher oder später passiert es jedem. Auch du bist ein Teil des ewigen Kreislaufs."

„In diesem Fall soll er der Erste sein!", beharrte ich.

„Das ist auf der jetzigen Etappe unmöglich".

„Was sollen wir dann tun? Wir sind also dem Untergang geweiht!"

„Ich kann ihn versetzen. Und ihr werdet mir helfen."

Ich erlangte das Bewusstsein wieder, stand auf und ging auf das riesige Quarzgrab zu. Früher oder später würde der Wolf kommen. Ich hatte keine Ahnung, ob er durch die Tunnel oder von woanders herkommen würde.

„Hier entlang, Jean!", flüsterte Eva.

„Wie hast du es geschafft, zu entkommen? Woher hast du meinen Namen erfahren!", rief ich aus.

Sie legte ihren Finger an meine Lippen:

„Pst! Inki-Nanka hat ihn mir gesagt!"

In dem Moment, als sie flüsterte, barst die Mitte der Kuppel über den Quarzgräbern. Tonnen von Gestein und Erde fielen auf die Toten. Eine unvorstellbare Staubwolke bedeckte das Feld. In aller Eile riss ich einen Teil meines T-Shirts ab und band es um ihr Gesicht. Mich umwickelte ich auch. Wir warteten nicht lange auf das Biest. Von der rissigen Decke strahlte es. Das Licht war zunächst weich, aber nach ein paar Sekunden wurde es blendend. Der Amarok landete auf dem größten Steinhaufen und arbeitete sich zu den nächstgelegenen Leichen vor.

„Schnell hinter mir her!", sagte Eva. „Seine Kräfte sind unerhört gewachsen!"

Wir galoppierten auf das Ungeheuer zu und hielten in etwa hundert Metern Entfernung an.

„Hier werden wir uns trennen. Du gehst zwischen den blauen Särgen vorwärts, ohne abzubiegen. Der Weg führt dich in die Halle der Schöpfung. Lauf schnell. Ich werde dort auf dich warten."

Ich nickte und sah, dass ihre Augen tränten, und zog sie zu mir. Sie zog unsere improvisierten Masken ab und presste ihre Lippen fest auf meine. Mein ganzer Körper zitterte.

„Ich will dich nicht verlieren!", flüsterte ich leise.

„Es liegt jetzt alles in deinen Händen!", befahl sie und nahm meine Hand. Ich spürte, wie kalt ihre war.

„Geht es dir gut?", fragte ich.

„Ich sterbe vor Kälte".

Ich zog meine Jacke aus und legte sie ihr an. Sie pfefferte einen Stein auf die Bestie. Diese drehte sich zu uns um und ich sprang sofort zwischen die bläulichen Quarzsärge. Amarok stürzte auf mich zu. Ich strengte meine ganze Kraft an und betete, dass ich nicht über einen Stein stolpern würde.

Der Weg war nicht gerade und gelegentlich versperrte ihn einer der Särge. Das war ein großes Plus für mich, da ich mit Leichtigkeit darunter hindurchging, während der Wolf darüber springen musste, um uns einzuholen. Es stellte sich heraus, dass ich einem großen Irrtum verfallen war. Die Bestie ging hindurch und schmolz sie. So verkürzte er auch den Abstand zwischen uns. Das Ende des Weges kam näher und ich sah weder eine Tür noch einen Ausgang.

Hatte ich etwas missverstanden oder war ich einfach nur zum sicheren Tod geführt worden? Mein Herz raste wie verrückt und mein Adrenalinspiegel stieg so stark an, dass ich wahrscheinlich keinen Schmerz gespürt hätte. Ich erwartete einen Aufprall auf die Steinmauer, aber ich ging einfach durch sie hindurch, als wäre sie ein dünner Vorhang. Eva hatte vergessen, dieses geschickte Hologramm-Detail zu erwähnen, das mir zumindest eine Katharsis bezüglich des abrupten Wechsels meiner Gefühle erspart hätte.

Ich fand mich in einem grauen Wüstenfeld wieder, das mit Einschlagskratern übersät war. Einige waren so tief, dass man den Boden nicht sehen konnte. Andere waren seicht, kaum ein paar Meter. Wieder andere waren überflutet. Das Schlimme daran war, dass sie alle dicht beieinander lagen, nur ein oder zwei

Schritte voneinander entfernt. Ich musste diesen Ort durchqueren, weil das außerirdische Schiff von Inki-Nanka in der Ferne glitzerte. Dorthin musste ich das fürchterliche Biest locken.

Ich rannte mit aller Kraft und schaute ab und zu über meine Schulter. Amarok war dieses Mal vorsichtiger. Hin und wieder brachen die losen Steine unter seinen Füßen ein und er konnte kaum noch das Gleichgewicht halten. Aber er folgte mir dicht auf den Fersen und der Abstand zwischen uns blieb unverändert. Er hatte den Vorteil, dass er dreimal größer gewachsen war und längere Schritte machte, und obwohl sie langsam waren, konnte ich die Hitze hinter meinem Rücken spüren. Sein Energiekörper strahlte sie aus. Wenn er näher kam, wurde es zu heiß, deshalb bewegte ich mich in Halbkreisen um die Krater.

Das verlangsamte ihn, aber es machte ihn auch noch grausamer. Er brüllte langwierig ohne Pausen, als wollte er mir sagen: „Gib auf, du hast keine Chance, ich erwische dich!" Zum Glück näherte ich mich dem Schiff. Ich machte noch ein paar Schritte und eine Luke an der Oberseite öffnete sich. Am Ende stand meine Geliebte und hielt einen elliptischen, leuchtenden Gegenstand. Sie gab mir ein Zeichen, dass ich zum unteren rechten Ende des Schiffes gehen sollte. Genau dort war ein tiefer Krater und ich hatte keine Zeit, diesen zu umgehen. In diesem kritischen Moment erinnerte ich mich an die letzten Worte von Inki- Nanka.

„Wohin wollen Sie ihn bringen?", fragte ich die Außerirdische.

„Wir werden ein Portal öffnen. Die Alten nennen es das Jenseits. Andere nennen es die Singularität. Für uns ist es eine Einöde, aus der es kein Entrinnen gibt."

Diese Lösung war unkonventionell, ich konnte sie mir nicht einmal vorstellen, aber da es die einzige war, hatte ich keine andere Wahl, als zu rennen. Hitze brannte auf meinem Rücken, das Biest war ganz nah. Ich hatte zwei Möglichkeiten: zu einer der Hunderten von offenen Luken auf dem Schiff zu gehen, die sich in Bodennähe befanden, oder vorwärts zu gehen und Evas Anweisungen zu folgen. Ich entschied mich für Letzteres.

Ich ging auf den Krater zu und beschleunigte mein Tempo. Die Hitze wurde immer unerträglicher. Mein Körper brannte.

Mit letzter Kraft erreichte ich den äußersten Rand und sprang vorwärts.

Ich beschrieb eine Parabel und landete am anderen Ende neben dem Schiff. Ich rollte mich ein paar Mal und blieb liegen. Von dem Wolf gab es keine Spur. Ich konnte nicht mehr aufstehen und atmete nur noch mit stoßweise. Ich war mir nicht bewusst, welchen Schaden Amarok bei mir angerichtet hatte. Zumindest hatte die Hitze auf meinem Rücken nachgelassen. Eva kam herüber, hob meinen Kopf an und flüsterte:

„Wir haben es geschafft!"

„Wieso haben wir das geschafft? Wo ist Amarok?"

„Schau!", sagte sie und drehte meinen Kopf in Richtung des Kraters, über den ich gesprungen war.

„Ich kann nichts sehen, da ist absolut nichts", empörte ich mich.

„Es ist, als ob du blind wärst, nicht wahr? Es ist ein verkleinertes zeitliches Wurmportal. Es hat den Wolf eingesaugt. Ich habe es mit der Inki-Nanka-Ellipse aktiviert, als er über den Krater gesprungen ist."

„Bleibst du bei mir?"

„Ich werde für immer bei dir sein!", sagte sie und küsste mich mit eisigen Lippen auf die Stirn.

„Du zitterst ja! Was ist los mit dir?"

„Mir ist sehr kalt, ich glaube, ich bin krank. Aber ich werde auf dich warten."

„Ich verstehe dich nicht, ich bin doch bei dir!", rief ich überrascht aus.

„Die Bestie hat dich verbrannt. Du stirbst, Jean. Du brauchst eine Reinkarnation. Inki-Nanka wird dich wieder zum Leben erwecken. Du hast es verdient!

★★★

Eine kleine Jagdhütte lag eingebettet in einem schneebedeckten Gebirge. Drinnen brannte ein alter gusseiserner Ofen. Ich lag auf einer grobgefertigten hölzernen Pritsche, eingewickelt in eine dicke Steppdecke, und das Knistern der brennenden Holzscheite schläferte mich ein. Plötzlich klopfte es an der Tür. Ganz leicht. Diesmal beschloss ich, nicht aufzumachen. Ich drehte mich auf die andere Seite und setzte meinen süßen Schlaf fort.

Bum! Bum! Bum! An der Tür rüttelte es, als würde sie aus den Angeln fliegen. Ich stand auf, entriegelte den Schließmechanismus und öffnete widerwillig. Vor mir türmte sich ein drei Meter großer, bärtiger, hässlicher Mann. Ein so großer Mann wäre eine Berühmtheit gewesen. Er hätte den Berg kaum unbemerkt bestiegen, schon gar nicht in einem langen ärmellosen Pelzmantel.

„Entschuldigung", murmelte er. „Hätten Sie eine Prise Salz?"

ENDE DES ERSTEN TEILS

Ich zitterte vor Verlegenheit, beugte mich jedoch zur hölzernen Schuhkiste, in der ich das Mehl und andere lose Produkte aufbewahrte. Ich schnappte mir eine Tüte Salz und warf sie dem Mann direkt in die Hand.

„Hier ist Ihr Salz und belästigen Sie mich nicht mehr!"

Ich drückte meine Ehrfurcht auf eine seltsame Weise aus, während ich die offizielle Form des Gesprächs fortsetzte, sonst hätte er mich in Sekunden zerquetschen können. Ich beschloss, Zeit zu gewinnen und ihm die Tür vor der Nase zuzuschlagen. Er war mir sowieso zuwider und mit solchen Leuten möchte ich nichts zu tun haben.

„Sie erinnern mich an den Troll aus den Märchen. Sie hätten sich wenigstens vorstellen können!"

„Man nennt mich Beschützer!", stellte er sich vor. „Aber wenn es Ihnen besser gefällt, können Sie mich Troll nennen, der Name ist nicht schlecht."

Er schaffte es, mir zuvorzukommen, und stellte einen Fuß in die Tür.

Das Wortspiel brachte mich zum Lachen, es brachte ihn offensichtlich auch für einen Moment zum Lachen, aber sein Ausdruck wurde so ernst, dass er einen kleinen Jungen zum Weinen hätte bringen können. Er beugte sich zu mir herab, als ob er mir ein unglaubliches Geheimnis verraten wollte:

„Eigentlich bin ich wegen etwas anderem gekommen."

„Ich habe keine Zeit, Ihnen zuzuhören, ich bin müde, kommen Sie morgen!" Ich unterbrach ihn.

„Ich bestehe darauf, Ihnen leider schlechte Nachrichten zu überbringen."

„Sie haben sich in der Adresse geirrt. Ich habe keine Verwandten, an die ich denken muss. Auch keine Freunde. Verlassen Sie mich jetzt und gehen Sie in Gottes Namen mit Ihrem Salz."

„Deine Eva liegt auf dem Sterbebett‘, sagte der Riese traurig, den ich von nun an kurz Troll nennen werde."

Erinnerungen tauchten in meinem Gedächtnis auf. Ihr schönes Gesicht und ihre leuchtenden haselnussbraunen Augen. Ihre blutenden Lippen, die Perlenkette, die Soldatendecke, die Höhle, Amarok, Inki-Nanka…

„Eva! Oh, mein Gott, Eva! Meine Eva!", reagierte ich impulsiv. „Wo ist sie?"

„In der Höhle. An derselben Stelle. Sie ist nirgendwo anders gewesen. Ich muss mich um sie kümmern. Aber es wird immer schlimmer. Deshalb bin ich gekommen."

„Warte, bis ich mich angezogen habe! Wir gehen zusammen!" Mein Ton schlug befehlend und schärfer an, ich nahm meine Jacke, zog die Schnürsenkel meiner abgetragenen Wanderschuhe fest, warf einen Rucksack mit warmer Kleidung auf den Rücken, nahm das Beil, von dem ich mich nirgends trennen wollte, und schlug die Tür hinter mir zu.

Wir machten uns auf den Weg in Richtung der alten Kaserne.

Der Schnee fiel in Flocken und türmte Verwehungen auf. Der Troll bahnte sich mühelos einen Weg durch den Schnee und wartete auf mich, weil ich langsamer war. Seine Schritte waren dreimal so lang wie meine.

„Beeil dich!", schreckte er mich auf. „Ich habe sie nie so lange allein gelassen."

Ich nickte ihm zu und beschleunigte meinen Schritt.

Wir erreichten die alten Kasernen, gingen in den dritten Stock des Schlafsaals und kamen zu dem Spind, dessen Tür aufgerissen worden war.

„Wie willst du hier durchkommen?", fragte ich den Troll.

Er antwortete nicht, schob nur die ganze Reihe der Spinde beiseite und ging die Treppe hinunter. Ich folgte ihm und erinnerte mich an den Weg. Fast alles war von der Bestie zerstört worden. Bald erreichten wir die Aussichtsplattform. Wo vorher die Quarzfelder waren, hatte sich eine mit zerbrochenen Steinen übersäte Einöde eingestellt. Inki-Nankas Schiff war weg. Wir gingen den Tunnel entlang, der zum unterirdischen Fluss führte. Dort, in einer mit einem Quarzdeckel bedeckten Nische lag meine Eva nackt. Sie war ganz mit Raufrost bedeckt, ihre Augen verschwommen und offen, und ihre Lippen waren in einem Todgrau gefärbt. Ab und zu konnte ich den Dampf ihres Atems sehen und das brachte mich zum Lächeln, obwohl mir die Tränen aus den Augen tropften.

„Sie lebt", fügte der Troll hinzu und hob den Quarzdeckel an. Er nahm eine Prise Salz und streute sie über ihren Körper. Die eisige Kruste begann zu schmelzen. Ich zog eine Bluse aus meinem Rucksack und begann, die Feuchtigkeit aufzusaugen. Eva war eisig und schon bald bedeckte sie sich wieder mit Eis.

„Warum ist sie unbekleidet? Wo sind ihre Kleider?"

„Mit ihnen wird die Krankheit fortschreiten und in ein paar Tagen wird sie tot sein."

„Hältst du sie so am Leben?", fragte ich den Beschützer. Er nickte:

„Inki-Nanka hat mich beauftragt, über sie zu wachen. Es sei weder in ihrer Macht, sie zu heilen, noch sie zu reinkarnieren. Die Krankheit hatte ihre eigene Basis in ihre genetische Spirale eingewoben, die die Eigenschaft hatte, sich mit den anderen Vier zu paaren. Der Prozess ist extrem langsam und schmerzhaft. Wenn sich der fremde Baustein mit der letzten intakten Base verbindet, tritt der Tod ein. Wo auch immer das genetische Material für die Reinkarnation entnommen wird – Haare, Nägel, Haut, Organe – alles wird infiziert. Ich taue sie alle zwei Stunden auf. Ich schlafe kaum", seufzte der Troll.

„Wie bist du auf die Idee mit dem Salz gekommen?"

„Ich habe beobachtet, wie die Menschen an eisigen Wintermorgen Salz vor ihren Häusern gestreut haben. Es hilft ihr, aber nur vorübergehend. Ich weiß nicht, wie lange sie so aushalten wird."

„Deshalb hast du mich gerufen, oder?"

„Ja, bevor mein Schiff abhob, gab man mir etwas für dich", reichte der Troll mir die leuchtende Ellipse, die Eva trug.

„Ist darin die Rettung?", fragte ich ihn.

„Ah, da. Du musst hier drücken!", zeigte er auf eine ergonomische Vertiefung.

„Und was passiert dann?“

„Du wirst ein Wurmloch starten und hinübergehen.“

„Hat Inki-Nanka etwas erwähnt, als sie dir die Ellipse gab?“

„Ja. Sie hat gesagt, ich solle nach einem Entwickler suchen“, antwortete der Troll, wobei ihn das vorletzte Wort schwerfiel. „Nur der hätte ein Heilmittel für ihre Krankheit.“

„Und wie hat sie sich angesteckt?“

„Bei ihrem direkten Kontakt mit dem Regulator.“

„Und warum bin ich nicht vereist? Nicht mal Kälte habe ich gespürt.“

„Die Krankheit betrifft nur weibliche Wesen.“

Ich wusste nicht, was mir bevorstand, aber ich war entschlossen, Eva zu heilen. Ich liebte sie mehr als mich selbst. Aber in diesem Moment war ich nicht ausreichend vorbereitetet. Ich musste schnell runter zur Jagdhütte gehen und Lebensmittelvorrat und Wasser holen. In meinem Rucksack trug ich zwei Pullover, von denen ich einen dem Beschützer überließ, um den Körper meiner Geliebten warm zu halten. Ich nahm auch mein zweischneidiges Beil mit. Ich wandte mich an den Troll:

„Ich brauche Ausrüstung. Ich muss zurückgehen.“

„Alles, was du brauchst, liegt in deiner Hand. Der Rest ist überflüssig.“

„Bist du sicher?“

„So hat man mich beauftragt“, nickte er. „Dein Weg wird nur in eine Richtung führen, wenn du den Entwickler nicht findest.“

„Sehr hoffnungsvoll, muss ich schon sagen!“, fügte ich hinzu. „Beschütze sie. Ich komme zurück!“

„Moment, ich habe vergessen, dir zu sagen, dass du die Ellipse zum dritten Mal aktivieren wirst. Inki-Nanka hat sie einmal gestartet und Eva das zweite Mal, als ihr das Wurmloch geöffnet habt und es den Wolf verschluckt hat.“

„Und was passiert, wenn jemand anderes sie drückt?“

„Nachdem der Regulator verschwunden war, programmierte Inki-Nanka sie so, dass nur du sie benutzt. Niemand ist in der Lage, sie zu manipulieren. Das kannst nur du machen, und zwar gleichzeitig mit deinen beiden Daumen. Beim vierten und letzten Versuch kommt es zu einer unumkehrbaren Betriebsänderung und sie wird explodieren. Das chemische Element, das wir im Kern eures Planeten gefunden haben und das wir in den Transporter der Ellipse eingebaut haben, hat eine sehr instabile Struktur. Die Energie, die freigesetzt werden kann, ist kolossal. Schone sie also und spiele nicht mit ihr!"

„Alles klar. Ich bin bereit!"

„Wart, das Wichtigste habe ich dir noch gar nicht erzählt. Die Ellipse wird auch eine lebenserhaltende Funktion haben."

„Was bedeutet das?"

„Dass du nicht essen, Wasser trinken oder atmen musst. In der Mitte links befindet sich die Aktivierungstaste, die rechte aktiviert einen universellen Kommunikator."

„Großes Spielzeug, nicht?", warf ich spielerisch auf.

„Na, los, Jean, die Zeit deiner Eva läuft ab!"

„Auf Wiedersehen, Beschützer!"

„Mach's gut! Und viel Glück!"

Ich drückte auf die kleine Halbkugel, die sich in der Mitte der Ellipse befand, und in diesem Moment passierten mehrere Dinge gleichzeitig. Zuerst fühlte ich den Schmerz – unbeschreiblich stark und alles durchdringend. Ich versuchte zu schreien, aber ich stand unter Schock. Dunkelheit hüllte mich ein.

★★★

Ich konnte mich an nichts erinnern und wusste nicht, wer ich war. Ich verstand nicht, warum ich hier war, wie ich hierhergekommen war und was ich tun sollte.

Sehen konnte ich, aber nicht mit meinen Augen. Es war absolut nichts um mich herum. Ich konnte nicht erkennen, ob es dunkel oder hell war. Vielleicht neblig. Es war ruhig, eigentlich leer. Unter den Füßen hatte ich keinen Boden und hielt auch nichts. Alle meine Gedanken waren verschwommen. Ich spürte, dass ich ausgedünnt und gleichzeitig zusammengedrückt, geschrumpft, verdreht, zerknittert und in eine enge Stelle gezwängt, gebunden, eingepfercht war, es war so eng, dass ich mich nicht umdrehen konnte. Gleichzeitig war der Raum riesig und unendlich und es war weder ein Anfang noch ein Ende in Sicht.

Ich wusste nicht, wer ich war. Warum ich hier war, verstand ich nicht. Es gab niemanden, den ich fragen konnte. Ich konnte weder sprechen noch lachen oder weinen. Ich konnte spüren, dass ich zusammengedrückt wurde und nicht mehr ganz dicht war. Ich versuchte, mich an etwas zu erinnern, und schaffte es nicht. Und genau in diesem Moment passierten mehrere Dinge gleichzeitig.

Irgendetwas stieß mich mit ungeheurer Kraft an und was ich sah, wenn ich das so sagen darf, war eine chaotische Verdrehung des Ortes, aus dem sich eine Unzahl von Kreisen um ihre Radien drehte. Sie reihten sich hintereinander auf und bildeten einen Schlauch oder einen Trichter. Er saugte mich ein und drehte sich weiter um seine Längsachse. Ich konnte den Prozess mit jeder Faser meines Seins spüren. Ich war voller Energie und fühlte mich ganz. Es kam ein Moment, in dem der Trichter mich in sein schmales Ende katapultierte.

Das Schlimme daran war, dass es sich am Ende, wo es mich einsog, selbst zu zerstören begann und sich wieder in unzählige Kreise aufspaltete, die wiederum mit einem ohrenbetäubenden Knall zerplatzten und verschwanden. Kurz bevor mich der Zerfall überkam, sah ich die Haut und zerriss sie. Dann erstarrte alles.

★★★

Ich öffnete meine Augen und das erste, was ich sah, waren meine Handflächen. Ich hielt die Ellipse noch in der Hand, als ein blaugrünes Licht aus ihr hervorbrach und sich wie ein dünner Film über meine Haut legte. Ich bekam eine Gänsehaut, aber das Licht beruhigte mich und ich wusste, dass es meine Lebenskraft erhalten würde. Ich spürte weder Hunger noch Durst und brauchte auch nicht zu atmen. Ich spürte, dass die Zeit für mich nicht fließt wie für die Welt um mich herum. Ich betätigte die rechte Taste des Kommunikators, steckte die Ellipse in die Innentasche meiner Jacke und sah mich um.

Ich war auf einem rotbraunen Planeten. Nichts um mich herum deutete darauf hin, dass es hier Leben gab. Es war eine tote, rostfarbene Landschaft, übersät mit kantigen Meteoriten, nicht größer als meine Faust. Die Topographie war überall gleich, eine Ebene, bedeckt mit feinem Staub und scharfen, klitzekleinen Felsen. Ich erschauderte vor Entsetzen. War ich an der falschen Stelle gelandet? Könnte es sein, dass Inki-Nankas Berechnungen falsch gewesen waren oder von einer unbekannten höheren Macht absichtlich durcheinander gebracht worden waren? Wie sollte ich das Ende meines Lebens verbringen, versunken in Vergessenheit?

Ich ließ den Kopf hängen und ging ziellos über den toten Planeten. Unter meinen Sohlen knirschte es, als ob ich auf Schnee getreten war. Ich stieß hier und da einen Stein an, so wie ich es als Kind immer machte, wenn ich nach der Schule nach Hause kam. Ich ging langsam, den Blick auf den düsteren Horizont gerichtet. Dann sah ich mir den rötlichen Sand an, der sich perfekt als Grund eines Aquariums eignen würde. Nostalgie nach meiner verlorenen Kindheit erfasste mich. Und dann kam die Frage: Wie um Gottes Willen bin ich hier gelandet?

Ich lief ziellos umher und trat gegen die spitzen Steine. Es war wie ein Spaziergang in einem Steinbruch, nur dass hier auf diesem Planeten alles gleich war. Wenn ich in Depression fallen würde, konnte ich die Ellipse immer noch ein letztes Mal aktivieren. Bis zu diesem Zeitpunkt hatte ich kein gültiges Motiv. Vielleicht gab es hier einmal Leben, und deshalb hatte Inki-Nanka diese Koordinaten vorgegeben. Und was war dann passiert?! Während ich nachdachte, ging ich weiter vorwärts, in der Hoffnung, IRGENDETWAS zu finden, und starrte in die Ferne. An einer Stelle spürte ich, wie meine Füße bis zu den Knöcheln im Staub versanken. Ich versuchte, um diese feine Konsistenz aus winzigen Teilchen herumzulaufen, aber leider fiel ich bis zur Gürtellinie hinein. Gott, nur das nicht! Treibsand!

Panik ergriff mich und ich bewegte mich auf jede Weise, um mich aus dem tödlichen Griff des Staubs zu befreien. Leider sank ich immer weiter ab. Ich blieb eine Weile stehen, aber mein

Körper zog mich unaufhaltsam nach unten. Ich versuchte, die Ellipse zu erreichen, aber es war bereits unmöglich.

Der Staub umhüllte mich und erreichte mein Kinn. Es gab keine Rettung. Ich wartete auf das Ende und schrie nicht einmal auf. Ich schloss meine Augen und der Sand nahm mich in seine kühle Umarmung. In meinen letzten Momenten dachte ich an Eva. An ihre Umarmungen, ihre eisigen Umarmungen …

Ich versuchte, mich zu bewegen, aber mein Körper sank immer tiefer und tiefer. Ich konnte nicht einmal meine Finger krümmen. Ich würde nicht durch Ersticken sterben, denn die von der Ellipse ausgestrahlte Schutzfolie schützte mich. Was für eine Ironie des Schicksals, dachte ich. Solch ein Zeug wäre auf der Erde Millionen wert und für mich war es ein nutzloser Gegenstand, der durch den Druck zerquetscht und mit meinem Körper begraben werden würde. Vielleicht würde es eines Tages zusammen mit meinen Haaren von einem unbekannten Astronauten gefunden werden, der hierherkam, um einen scheinbar harmlosen Planeten zu erforschen, der gleichzeitig ein heimtückisches Geheimnis barg. Leider würde ich davon zu spät erfahren.

Mein Versinken ging langsam und unerbittlich weiter. Mein Herz klopfte zum Bersten. Ich wollte schreien, aber wenn ich meinen Mund öffnete, würde ich ihn mit Staub füllen. Meine Nase juckte fürchterlich, aber ich konnte nichts anderes tun, als krampfhaft mit den Füßen zu strampeln.

Anscheinend gingen meine Muskeln in einen vorzeitigen Todeskampf.

Ich spürte eine leichte Entspannung um meine Füße herum und bewegte sie wieder. Ich fühlte Hoffnung. Mit letzter Kraft begann ich, den verdichteten Staub um meine Füße zu treten, und er schien nach unten zu gehen.

Ich konnte auch meine Knie bewegen. Sie lösten sich ebenfalls und schon bald fiel mein Körper nach unten und schlug hart auf. Ich ächzte vor Schmerz in meinen Gelenken. Immer noch mit geschlossenen Augen hustete ich tief. Meine Nase lief. Irgendwo in meiner Jogginghosentasche trug ich ein Taschentuch, das ich von meiner Mutter geschenkt bekommen hatte. Ich wischte mir das verschmierte Gesicht ab. Jetzt konnte ich meine Augen öffnen. Der Anblick schockierte mich und ließ mich erschaudern. Ich befand mich in einer Gefängniszelle, zwei Meter mal zwei Meter, ohne Koje, ausgestattet mit einem Fäkalieneimer und einer Art Stuhl in der Mitte des Sandbodens.

„Wunderbar", sagte ich zu mir selbst, „mir geht es besser als vorher, aber hätte ich nicht mit einem Cocktail in der Hand in irgendeinem Paradies landen können?" Ich lachte vor mich hin und stand auf, staubte meine Kleidung ab und ging auf die schlichten Metallgitter zu, mit denen jedes Gefängnis auf der Erde ausgestattet war. Zellen wie meine waren in einer regelmäßigen Reihe links und rechts aufgereiht. Ich konnte keinen einzigen Gefangenen sehen. Stattdessen hörte ich einen quietschenden Karren, der sich näherte. Ein buckliger Humanoid mit zwei Köpfen schob ihn an. An jedem Kopf befand sich eine Antenne, deren Ende mit einem Auge endete. Er blieb neben mir stehen, schaute mich grimmig an und warf mir ein kleines, in Alufolie eingewickeltes Paket vor die Füße.

„Essen!", bellte der Humanoid und schob den Karren weiter in Richtung der nächsten Zellen. Für mich war es nicht notwendig. Solange die Ellipse bei mir war, brauchte ich nichts.

Trotzdem steckte ich das Paket in eine meiner Jackentaschen. Kurz darauf flackerte ein knallrotes Licht, das an der Decke montiert war, ein paar Mal auf. Danach leuchtete und erlosch mehrmals ein anderes vom Stuhl. Offenbar wurde ich aufgefordert, mich zu setzen. Ich befolgte den Befehl. Automatische Gürtel schnallten sich an meine Stirn, meine Hand- und Fußgelenke. Zwei scharfe Nadeln stachen in meinen Nacken und gruben sich tief in meine Wirbel. Der Schmerz war scharf, aber nur von kurzer Dauer. Es schien, man injizierte mir ein Narkosemittel.

Während ich eindöste, begannen mir komplexe mathematische Probleme in Bezug auf Humangenetik, Eugenik und angewandte Genetik durch den Kopf zu gehen, die ich mit Leichtigkeit löste. Seltsam, ich war nie ein fleißiger Schüler und hatte keine guten Noten. Die mathematischen Aufgaben, die ich einst zu lösen hatte, waren keineswegs auf einem so hohen Niveau. Was war mit mir los? Wurde ich verrückt? Parallel zum Rechnen fiel ich in einen süßen Schlummer und mein Gehirn löste, löste…

Stunden später wachte ich auf. Es war Nacht. Ein spezifisches Geräusch brummte in der Zelle, unterbrochen von zwei kurzen Pausen. Die Gurte, die mich an den Stuhl gekettet hatten, lösten sich abrupt. Die Nadeln, die in meinem Nacken steckten, versteckten sich in seiner Rückenlehne. Ich sprang auf die Füße und tastete meinen Hals nach Wunden ab. Ich suchte meine Finger nach Anzeichen von Blut ab, aber es gab keine. Erleichtert seufzte ich auf und in diesem Moment öffnete sich das Metallgitter automatisch. Ich trat aus der Zelle.

Alle Häftlinge waren aufgereiht und warteten auf zusätzliche Befehle. Jeder von ihnen war auf seine eigene Art und Weise anders. Hunderttausende von Aliens waren hier versammelt und lebten unter der Herrschaft eines fremden Willens. Die Schlange war kilometerlang, ebenso wie die Zellen. Seltsamerweise wurden sie in einer einzigen Reihe gebaut. Wir brauchten nicht lange zu warten. Leistungsstarke Sirenen, die an zwei Meter hohen Flugdrohnen befestigt waren, durchdrangen die Nacht. Die Gefangenen ordneten sich in einer Zweier-, dann in einer Dreier- und schließlich in einer Zehnerkolonne ein. In der Reihe, in der ich stand, war ich von links nach rechts der Fünfte. So konnte ich einen guten Blick auf die mir fremden Lebensformen werfen.

Die meisten waren Humanoide. Sie hatten Köpfe, Arme, Beine, einige hatten Schwänze. Es gab einige, deren Körper vier untere Gliedmaßen und ein Paar Arme besaßen, oder umgekehrt. Es gab große, kleine, dünne, dicke, mit unterschiedlicher Hautfarbe und Beschaffenheit. In meiner Nähe bemerkte ich zwei- und dreiköpfige Humanoide, die nur einen Arm hatten.

Bei einigen waren die Augen symmetrisch angeordnet, bei anderen nicht. Einige waren so tief, dass sie ganze Galaxien zu verbergen schienen, während andere Feindseligkeit ausstrahlten. Andere beobachteten mich mit Neugierde. Zwei flüsterten sich etwas zu, während sie mich anstarrten. Einer von ihnen, ein zwei Meter großer Anthropoid mit Ohren so groß wie Küchenteller, zeige auf etwas. Ich verstand nicht, was es bedeutete, und es gab keine Zeit, um die ganze absurde Situation zu begreifen, denn die Sirene einer tief fliegenden Drohne hätte mein Trommelfell zum Platzen gebracht.

Mit einem so schrillen Ton muss das Kommando „Im Gleichschritt – Marsch!!" gegeben worden sein, denn alle liefen nach vorne. Wir waren nicht mehr als fünfhundert Meter weit gekommen, als wir anhielten. Wir gingen einen Schritt nach vorne, warteten ein paar Sekunden und traten wieder vor. Erst nach langer Zeit verstand ich, worum es bei dieser auf den ersten Blick seltsamen Angelegenheit ging.

Die erste Reihe von Häftlingen stieg auf eine Rampe, die sie einen steilen Abhang hinunterführte. Das war vorerst alles, was ich von meiner Stellung aus sehen konnte, bis wir an der Reihe waren. Wir traten auf die Rampe und sie schwebte sanft nach unten. Eine deprimierende Landschaft kam zum Vorschein. Wir stiegen hinab zu einem Tagebau von beachtlicher Größe. Nach Augenmaß schätzte ich sie auf etwa 1.200 bis 1.500 Meter Breite und etwa einen halben Kilometer Tiefe. Jede Etage wurde an den Rändern mit Metallkanten verstärkt. Ich habe schnell fünfzig gezählt. Jede Etage war also zehn Meter von der nächsten entfernt.

An den Borden jedes Meters leuchtete ein Signallicht rot. Später würde ich seinen Zweck herausfinden. Die Wände der Etagen waren nicht vollkommen glatt, hier und da waren sie von dunklen und engen Tunneln durchzogen, in denen absolut nichts zu sehen war. Es fiel mir auf, dass alle Aliens die Tunnel scheuten. Vorsichtshalber zog ich zur Seite.

Meine Position im Tagebau gab mir die Möglichkeit, einen genaueren Blick darauf zu werfen.

Er hatte die Form einer unregelmäßigen Parabel. Es gab keine Sicherheitsdrohnen, die darüber kreisten, vielleicht wegen der durch Temperaturunterschiede verursachten Luftströmung. Rechts von mir war eine Roboterstation mit Laser-Scanning-Systemen angebracht. Ihre grünen Strahlen gingen an die roten Signalleuchten an den Borden. Am anderen fernen Ende, so schien es, war dieselbe platziert worden und die beiden waren synchronisiert. Zu meiner Linken, unmittelbar neben den zehn Meter hohen Wänden, befanden sich ungesicherte Lastenaufzüge, die in einer Kolonne aufgereiht waren. Meine Aufgabe war es, die Last von der unteren Etage zu der auf meiner Etage zu tragen, ohne dass sie sich verschiebt oder auf jemandem landet.

Ich wartete, bis ich an der Reihe war, nahm das aufgerollte Material unter den Arm, warf es mir dann über die Schulter und schob es zu den anderen in den Aufzug. Alle Rollen hatten die gleiche Größe, aber nicht alle hatten die gleiche Masse. Die Arbeit war ermüdend und eintönig. Keiner sprach mit dem anderen, sie schauten mit leeren Blicken nach unten. Sie wurden durch das Gefängnissystem erdrückt. Wenn ich nichts täte, würde ich bald auch so sein wie sie.

Ich zog mich von den arbeitenden Gefangenen zurück und lehnte mich an die steile Wand neben dem geladenen Aufzug. Für ein paar Minuten wollte ich mich ausruhen. Es hat überhaupt nicht geklappt. Einer von ihnen sah mich, zeigte mit seinem langen grau-grünen Finger auf mich und schrie in einer Sprache, die ich perfekt verstand:

„Verräter!"

Blitzschnell drehte sich ein Dutzend Anthropoiden um und stürzte sich auf mich. Es hagelte Schläge und Tritte. Ich schrie vor Schmerz und Überraschung auf und bedeckte meinen Kopf mit den Händen. Auch sie stießen langgezogene Schreie aus und wurden noch rasender. Ich versuchte, mich mit einer Täuschungsbewegung zwischen zwei scheinbar Schwächeren nach rechts zu entziehen, aber sie durchschaute es und schlossen den Kreis um mich.

„Es reicht! Hört auf!", schrie ich, aber sie schlugen und traten weiter auf mich ein.

Ziemlich bald wäre ich zu Boden gefallen. Mir war schwindelig und schwarz vor Augen, aber ich hielt mir immer noch die Hände vor das Kinn und die Nase. Sie wollten mich umbringen. Aber etwas, das niemand vorgesehen hatte, wendete das Glück zu meinen Gunsten. Tief unten neben dem beladenen Aufzug klaffte ein tiefer Tunnel, aus dem ein riesiger schwarzer Tausendfüßler rausgekrochen war, offenbar angelockt durch das Gezeter. Seine beiden Antennen zuckten in Resonanz mit den Schreien und Geräuschen meiner Angreifer.

Er drehte sich um den nächstgelegenen Anthropoiden, packte ihn mit seinen Kiefern und zerrte ihn in den Tunnel. Die kurzzeitige Panik unter den Gefangenen gab mir die Chance, mich zusammenzurollen und mich mit aller Kraft von der Wand abzustoßen. Ich ging mit Leichtigkeit zwischen ihnen hindurch und eilte zum Ende des Bordes. Ich sprang in den abwärts fahrenden Aufzug. Ich drehte den Kopf, aber alles, was ich hörte, waren Pfeiftöne und -geräusche. Keiner war mir gefolgt. Ich war mit ein paar geprellten Rippen und einer geprellten Schulter davongekommen. Offensichtlich hatten die Gefangenen einen gewissen Profit von dem Tagebau, weil sie so eifrig das Regime verteidigten.

Oder waren es vielleicht keine Gefangenen, sondern Arbeiter?

Der Aufzug hielt an und unterbrach meine Gedanken. Hier war nichts anders als oben. Die Aliens standen dreißig Meter von mir entfernt Schlange und warteten auf die Ladung des unteren Aufzugs. Ich ging unmerklich auf sie zu und stellte mich neben dem letzten auf. Die Ladung kam in wenigen Minuten an. Die Arbeit begann. Jeder ging zum Ende der Rampe, schulterte eine Rolle nach der anderen und trug sie zum leeren Aufzug, der die Rollen in die nächste Etage bringen sollte. Von dort wurden sie auf dem gleichen Weg nach oben transportiert.

Als ich an der Reihe war, schulterte ich eine Rolle und betrat den ausgetretenen Pfad. Alle waren still. Ich hob meinen Blick, um diese Anthropoiden zu mustern. Jeder gehörte einer anderen Rasse an und sah nicht aus wie die anderen um ihn herum. Der Erste, an dem ich vorbeikam, glich einem buckligen gehenden Fisch; der Zweite hatte einen dreiteiligen Körper wie die Schneemänner, die Kinder im Winter bauen. Er hüpfte mit zwei kurzen Beinen und balancierte die Last mit einer für diesen Planeten unnatürlichen Kraft. Seine facettierten riesigen Augen erinnerten mich an die Insekten der Erde. Der Körper des Dritten ähnelte einem langen Weidenzweig, an dem das symmetrische, längliche Köpfchen befestigt war. Und der Vierte, oh Gott!!! Der Vierte war ein Mensch!!!

Ich konnte mich nicht beherrschen und berührte ihn am Arm.

Er sah mich an und erschrak, schaute sich verstohlen um und legte den Finger auf die Lippen. Er gab mir ein Zeichen, dass wir uns später unterhalten würden. Ich wurde aufgeregt und jubelte, dass es an diesem gottverlassenen Ort einen Menschen gab! Einen Mann wie mich! Diese zufällige Begegnung überraschte mich so, dass ich die Schmerzen, die mir die Schläge zugefügt hatten, vergaß, und die nächsten Stunden vergingen unmerklich. Die Nacht näherte sich dem Ende zu. Der Himmel begann, sich aufzuhellen. Eine laute Sirene kündigte das Ende der Arbeiten an. Wir stellten uns alle am Aufzug auf und fuhren in Reih und Glied nach oben. Ich fand einen Platz neben ihm.

„Wenn wir an der Hauptrampe sind, folge mir!", flüsterte er. „Kenne ich dich nicht von irgendwoher?" Ich musterte ihn von Kopf bis Fuß. Er war ein großer, bärtiger Mann um die 50 und trug eine helle Tarnjacke.

„Waren Sie nicht vom Zivilschutz?", fragte ich zögernd, „Sie haben in den Bergen nach den vermissten Kindern gesucht?"

„Eine vermisste Klasse!", korrigierte er mich. „Mitsamt zwei Lehrern, von denen einer ein Professor für Wandern, Bergsteigen und Orientierungslauf war, Inhaber eines Lehrstuhls an der Nationalen Sportakademie. Er kannte den Berg wie seine fünf Finger! Nein, ich gehöre nicht zum Team des Zivilschutzes."

„Nun, wieso nicht, ich habe euch mit eigenen Augen in der Hütte ‚Nadeshda' bei Baj Vasko gesehen, ihr seid wie eine Art Hooligans hereingestürzt."

Er grinste und antwortete:

„Hast du schon mal vom Loch in Zaritschina, vom Grabmal im Strandsha-Gebirge, vom Sonnentor, von den tauben Steinen gehört?"

„Was haben megalithische thrakische Heiligtümer mit dir zu tun?", konterte ich und machte ihm klar, dass ich mit den antiken historischen Denkmälern Bulgariens, wenn auch nur vage, vertraut war.

„Nach dem mysteriösen Tod von Ljudmila Schiwkova, der Tochter des Generalsekretärs des Zentralkomitees der Kommunistischen Partei…“

„Die Prinzessin des bulgarischen Kommunismus!“, unterbrach ich ihn impulsiv.

„Im August 1981, einen Monat nach ihrer Beerdigung, gründete die Regierung beim Amt für nationale Sicherheit eine Struktureinheit von Fachleuten, die bis heute vom Staat finanziert wird und für die Abwendung von Bedrohungen durch nicht identifizierte anomale Zonen, Objekte und Wesen auf dem Territorium der Republik zuständig ist.“

„Ah, jetzt verstehe ich, warum ein ganzes Team des angeblichen Zivilschutzes bis an die Zähne bewaffnet war.“

„Wir waren!“, hob er die Vergangenheitsform hervor. „Und du bist der Schriftsteller aus dem Jagdhaus, sofern meine Augen nicht lügen“, lächelte der Mann und gab mir ein Zeichen, den Mund zu halten.

Allmählich erinnerte ich mich an alle Details des Rettungsteams, während unsere Gruppe von außerirdischen Gefangenen, eingepfercht im Aufzug, langsam nach oben fuhr. Wir gingen etwa dreißig Schritte auf jeder Etage, stiegen zur nächsten auf und so weiter bis zum Anfang des Tagebaus. Die Hauptrampe zog uns hinaus in die trockene Ebene und wir warteten, bis sich der Rest aus den unteren Etagen bei uns versammelte.

„Wenn wir zu den Zellen gehen, läufst du neben mir. Keiner hat seine eigene und keiner kümmert sich darum, in welcher er sein wird. Aber mir ist es wichtig“, zwinkerte der Mann mir zu.

Ich nickte und drehte mich um. Die Laserstation, die sich rechts von mir befand, ließ ihre grünen Strahlen lautlos über jede rote Kontrollleuchte gleiten, die im Abstand von je einem Meter an den Borden befestigt waren. Wenn man die Augen zusammenkneifen würde, hätte die ganze Lichtshow wie eine Freiliftdisco in einem Ferienort ausgesehen.

Am gegenüberliegenden Ende des Tagebaus waren ebenfalls Häftlinge aufgereiht wie wir und die Aufzüge bewegten sich synchron mit den unseren.

„Und die da drüben, wo bewahren sie die auf?", fragte ich den bärtigen Mann.

„Nirgendwo. Drüben ist niemand", sagte er.

„Siehst du nicht die Gefangenen uns gegenüber?"

„Es ist eine Reflexion. Eigentlich ist es nicht wirklich eine Reflexion, sondern eine Projektion auf ein materielles Objekt."

„Das verstehe ich nicht. Warum sollte jemand unsere Realität auf einem Bildschirm abbilden wollen? „

„Um etwas zu verstecken. Aber ich bezweifle stark, dass es ein Bildschirm ist. Wie gesagt, es ist ein materielles Objekt. Heute Abend werden wir mehr erfahren. Zwei aus meiner Gruppe arbeiteten heute auf dem Grund des Tagebaus. Ich hoffe, sie bringen gute Nachrichten."

„Gibt es noch mehr Leute von der Erde?", freute ich mich ehrlich.

„Ja, zum Glück. Es sind noch acht weitere Personen bei mir", bestätigte der bärtige Mann.

„Ihr alle, die ihr in den Bergen wart, oder?"

„Ja. Mein ganzes Team", seufzte er.

„Erinnern Sie sich an etwas von dort?", fragte ich ihn vorsichtig.

„Wir waren zu einem Rundgang am Südhang aufgebrochen. Das Gelände war wegen des Neuschnees schwierig. Er bedeckte tückisch vereiste und steile Stellen. Wir mussten uns mit Seilen sichern. Wir hatten leider keine Steigeisen dabei und wenn einer von uns in Richtung Abgrund abrutschte, hielten die anderen ihn zurück. Wir kamen langsam voran. Von der Linie des Bergkamms aus hatten wir einen Blick auf die beiden vom Berg getrennten Teile des Reviers. Wir suchten auch die Stelle, an der der Grat nach unten ging. Dann stieß Toma auf Abdrücke, die von vierzig Zentimeter langen Tierpfoten hinterlassen worden waren. Die Spuren führten genau zu dem Pass, den wir suchten. Wir gingen vorsichtig in die Richtung, und alles, woran ich mich erinnere, ist, dass Philip etwas rief wie: „Da ist etwas hinter uns!"

„Und was ist dann passiert?", beharrte ich mit meinen Fragen.

„Und dann? Nun, nichts Besonderes. Ich bin in einer dieser Zellen hier aufgewacht."

Aber ich wusste ein bisschen mehr. Amarok hatte sie getötet und in die alte Kaserne gebracht.

Er war satt gewesen und hatte sie für hungrige Tage aufbewahrt. Wahrscheinlich schnappte der Bergtroll sie ihm vor der Nase weg und hatte sie in einem Versteck in seinen Quarzsarkophagen versteckt. Ich erinnere mich, dass ich sie dort mit großen blutleeren Hohlräumen statt Mägen gesehen hatte. Sie warteten auf die Reinkarnation, die Technologie zur Auferweckung der Toten. Offenbar hatte Inki-Nanka sie wieder zum Leben erweckt und hierher geschickt.

Wieder tauchten Fragen auf. Was für ein Planet ist das? Was wird im Tagebau abgebaut? Was waren das für Nadeln, die den ganzen Tag in meinem Nacken steckten, und diese mathematischen Aufgaben? Wo ist Inki-Nanka jetzt? Je mehr ich erfuhr, desto mehr wurde mir klar, dass ich nichts wusste. Wenigstens wäre ich nicht allein hier. Bald würde ich die anderen Erdbewohner sehen. Das letzte Hochfahren der Rampe ließ nicht lange auf sich warten.

„Jetzt ist der Zeitpunkt, los!", zerrte der bärtige Mann an meinem Arm und wir beide drängten uns taktvoll zurück durch die aufgereihten Anthropoiden, die uns keine Beachtung schenkten. Sie starrten immer noch auf einen Punkt und warteten auf das nächste Kommando der Sirenen.

„Warum sahen diese so aus?" Ich konnte mich nicht halten, meinen Gefährten zu fragen: „Es ist, als ob sie lebende Leichen wären."

„Wegen der erzwungenen Algorithmen", knurrte er. „Sei leiser, sonst bringst du sie aus dem Gleichgewicht."

„Ich verstehe kein Wort von dem, was du mir da erzählst."

Er winkte abweisend mit der Hand und wir gingen weiter. Bald erreichten wir die letzte Reihe. Dort sah ich die anderen Erdbewohner.

Sie hoben ihre Augen und verbargen ihre Überraschung bei meinem Anblick nicht. Ich schüttelte allen die Hand.

„Ich bin Peter. Ich dokumentiere die Ereignisse“, stellte sich der Erste vor.

„Matey. Europameister im Schießen!“, drückte der Nächste meine Hand und konnte sich nicht zurückhalten, mich zu fragen: „Und wie bist du hierhergekommen?“

„Ich hackte gerade Feuerholz vor der Hütte, dann hörte ich ein leises Knurren, und so wie ihr erinnere ich mich an nichts“, erzählte ich meine Geschichte, aber die Antwort schien sie zu befriedigen, denn sie akzeptierten mich mit freudigen Ausrufen als ihren Freund.

„Jakow. Ich bin Biologe“, sagte der nächste Mann und neigte den Kopf.

„Thoma. Der Techniker ist immer für dich da!“, verkündete fröhlich wie aus einer billigen Reklame ein kahlköpfiger Mann von etwa vierzig Jahren mit einem von Narben zerknitterten Gesicht.

„Joan, statistischer Klassifizierer“, ein weißhaariger Mann in den Sechzigern schüttelte mir die Hand.

„Andrey, Computerspezialist“, sagte ein junger Mann mit kurzen, lockigen Haaren laut.

„Simon, Archäologe“, sagte der vorletzte unrasierte, aber groß wirkende Mann und klopfte mir herzlich auf die Schulter.

„Philip“, begrüßte mich ein breitschultriger Mann und fügte hinzu: „Philip, der Sprössling.“

Alle lachten.

„Ich bin Pawel, der ehemalige Anführer dieser Helden“, sagte der bärtige Mann, den ich zuerst getroffen hatte.

„Jean“, stellte ich mich endlich vor, „Jean von der Erde.“

Wir lachten wieder und meine Stimmung hob sich. Von nun an würden sie meine engsten Gefährten sein. Die Sirene unterbrach das Lachen, holte uns in die Realität der Gefängnisutopie zurück und veranlasste uns, uns auf den Weg zu den Zellen zu machen. Pawel gab mir ein Zeichen und zeigte mir, vor welche ich mich stellen sollte:

„Wir haben etwa eine Stunde Zeit, sobald wir hinter Gittern sind. Wir haben Löcher unter allen Innenwänden der Zellen gegraben. So setzen wir uns jedes Mal, bis der Mond aufgeht, zusammen und besprechen die Pläne für den nächsten Tag. Ich warte gleich auf dich. Ich habe dich absichtlich in die nächste Zelle gelassen. Die anderen haben Erfahrung mit den Löchern."

Ich nickte stumm. Eine zweite Sirene durchbrach die tote Luft und setzte wie auf Befehl die automatische Öffnung der Gitter in Gang. Ohne lange zu fackeln, ging ich hinein. Drinnen erwarteten mich ein Fäkalieneimer und ein Stuhl. Nach kaum einer Minute ging ein zweiköpfiger, buckliger Humanoid an mir vorbei, der Essen verteilte, ein in Silberfolie eingewickeltes Paket. Sein Karren quietschte fürchterlich und ich wartete darauf, dass er wegfuhr. Dann sah ich mich nach dem Loch um. Es war in der Ecke der Zelle. Mit Widerwillen kroch ich kopfüber hinein und lief mit überraschender Leichtigkeit zu Pawel. Ich sah, wie er sich mit den Händen auf die Gitterstäbe stützte, den Blick auf den Tagebau gerichtet. Aber auch hier spürte ich eine fremde Anwesenheit.

Dort, an den Stuhl gefesselt, war eine schleimige Kreatur, nicht größer als ein menschliches Baby, bräunlich, mit mehreren Beinen am ganzen Körper. Sein Kopf war mit kurzen Kiefern ausgestattet, aber es gab keine Spur von Augen.

„Was ist das auf Ihrem Stuhl?"

„Oh, meinst du die Larve? Das ist ein kleines Detail, das ich vergessen habe zu erwähnen. Ein Detail, das uns von allen anderen unterscheidet. Du musst dir auch so eine besorgen, Jean. Sonst verlierst du den Verstand wie die hirnlosen außerirdischen Gefangenen."

„Ich fange schon an, ihn zu verlieren. Die Informationen sind mir zu viel."

„Rede nicht so, wir fangen gerade erst an", machte mir Pawel Mut.

„Erkläre mir das mit der Larve", bat ich ihn.

„Wie lange bist du schon hier, mein Freund?"

„Soweit ich mich erinnere, seit gestern."

„Hast du tagsüber auf dem Stuhl gesessen, mit Nadeln im Nacken? Erinnerst du dich an die Matheaufgaben? Sie sind mit der Strukturierung der Basen in der DNA verbunden."

Ich nickte. Er fuhr fort:

„Andrey erwischte eine der Drohnen und installierte sie neu. Dann schloss er sie an die Sonden des Stuhls an und isolierte einen verschlüsselten Informationsabschnitt, den er dann entschlüsselte. Er bekam einen mathematischen Algorithmus."

„Was hat das mit der ekligen Larve zu tun, die an deinem Stuhl festgebunden ist?"

„Dazu komme ich noch. Bei diesem Algorithmus wird eine Reihe von Anweisungen registriert oder eine genaue Beschreibung eines Verfahrens zur Lösung eines Problems oder einer Aufgabe, die oft mit der Berechnung von Daten zusammenhängt, in diesem Fall aus den Bereichen Anatomie, Chemie und Physik. Der Prozessor der Drohne verkraftete dies nicht und brannte durch. Da Algorithmen auf den beiden Sonden laufen, kamen wir zu dem Schluss, dass irgendwann auch die Aufgaben laufen."

„Was soll das bedeuten?", fragte ich Pawel.

„Sie benutzen unsere Gehirne und Körper, sie löschen unser Bewusstsein aus. Sie töten uns langsam!"

„Aber warum?"

„Um uns kennen zu lernen. Um mehr und mehr Welten zu versklaven."

„Und die Larve?"

„Sie ersetzt uns einfach."

„Du wirst auch eine brauchen, Kumpel", brummte Philip fröhlich, der gerade reingekrochen war und seine Kleidung abstaubte.

„Und das möglichst schnell", bekräftigte ihn Simon, der hereinkam und nieste, so dass der halbe Staub über sein Gesicht flog.

„Und kann ich nicht einfach nicht auf dem Stuhl sitzen?"

„Die Sensoren im Inneren werden das Fehlen von organischer Präsenz erkennen und das Öffnen der Türen betätigen", instruierte Andrey atemlos und kratzte sich an der Nase, „dann…"

„Was, wenn wir die Sensoren hacken?"

„Dann hören die beiden Sonden, aus denen die Nadeln herauskommen, auf, die Algorithmen zu übertragen, und beginnen, die Informationen in umgekehrter Reihenfolge zurückzugeben. Sie werden das Ausbleiben von Antworten melden und

somit wird der Fehler im System wieder zu demselben unange-
nehmen Szenario führen", fügte Joan hinzu und setzte sich auf
den Boden, wobei er die Beine übereinanderschlug.

Ich musste nur noch die letzte Frage stellen:

„Wie kann ich eine Larve fangen?"

„Du kommst morgen mit mir in die vorletzte Etage", sagte Thoma. „Ich glaube, es fällt mir ein, wo eine neue Brut sein könnte."

„Bitte sei still!", redete Pawel drein. „Lasst uns die Ergebnisse der heutigen Forschung diskutieren und wir geben Matey und
Peter das Wort über den Zustand des Tagebaus und darüber, was
jenseits unserer visuellen Wahrnehmungen liegt."

Was folgte, war ein dreißigminütiger langweiliger Vortrag voller wissenschaftlicher Begriffe, von denen mir „Kontrollturm",
„umlaufender Satellit", „mechanische Versetzung von Markierungen", „Stabilität von Borden", „Veränderung von Schützen-
graben" in Erinnerung geblieben sind. Am wichtigsten erwies
sich der letzte Teil, in dem es darum ging, dass der Tagebau auf-
grund der Trägheitskräfte des Planeten und eines weiteren Fak-
tors bald zusammenbrechen würde.

„Unsere Befürchtungen über den Kollaps haben sich als wahr
herausgestellt", fing Matey an. „Die gespiegelte Realität wird durch
eine Gruppe von Projektoren simuliert, die entlang der Borden sind."

„Sie übertragen das Bild in Echtzeit", unterbrach ihn Peter.

„Übertragen auf was?", fragte Pawel.

„Ich habe die Ergebnisse an Simon weitergegeben, er soll es
sagen." Peter zuckte mit den Schultern.

„Die Projektoren übertragen das Bild auf unkontrollierba-
re, sich selbst replizierende organische Materie, eine Ansammlung diverser DNA. Mit einem Wort: Schleim oder Brei, nennt
es, wie ihr wollt."

„Für mich", rief der stille Jakow, „ist dies die Urbrühe, aus
der das Leben im Universum kommt. Verstreut über Millionen,
Milliarden von Sternen und Planeten durch Asteroiden oder Meteoriten, die massiv genug sind, um mit dem Schleim zu kolli-
dieren und die Kohlenstofffäden auf ihrem Weg mitzunehmen.
Nennt es Schöpfung."

„Du meinst", warf Philip ein, „dass wir von einem fiesen Rotz abstammen und dieser Rotz sich nun ausbreiten und den Planeten übernehmen wird?"

„Nicht nur das, sie werfen auch die Leichen aller Toten hinein!", antwortete Joan. „Ich habe gesehen, wie die Presse den zermahlenen armen Kerl direkt in den Schleim gespritzt hat. Dort wird das Essen hergestellt, das wir jeden Morgen essen – diese harten, in Aluminiumfolie eingewickelten Formen."

„Pfui!", spuckte Philip aus. „Lasst uns bald hier verschwinden, mir wird übel!"

Die Sirene unterbrach unser Gespräch und forderte jeden auf, in seine Zelle zurückzukehren.

Ich eilte hinein und setzte mich auf den Stuhl. Die Automatikgurte drückten mich fest. Ich hatte keine Zeit zum Grübeln, weil die beiden Nadeln wieder in meinem Nacken steckten. Ich hoffte, dass es das letzte Mal war. Diesmal löste ich Aufgaben zum hydrostatischen Druck.

Ich wurde unmerklich vom Halbschlaf übermannt. Der Tag verflog sowohl schwindelerregend schnell als auch seltsam. Als sich die Nadeln zurückzogen und sich in den beiden Sonden versteckten, musste ich eine Weile warten, bevor ich zu mir kam. Mein Gehirn fieberte, als hätte man mir zehn Runden lang mit Boxhandschuhen auf den Kopf geschlagen. Ich würde nicht sagen, dass das Gefühl unangenehm war, im Gegenteil, es war berauschend und ich hätte nichts dagegen, dass es wieder passierte. Aber dies war nämlich die Falle, in die die anderen Anthropoiden geraten waren. Ich vermutete, dass sie ängstlich darauf warteten, dass die harte Arbeitsnacht vorbei war, damit sie sich hinsetzen konnten, um in einem betäubten, halb schlafenden Zustand Matheaufgaben zu lösen.

Die Sirene heulte schrill los und das war für mich erfrischend. Die Gitterstäbe der Zellen öffneten sich seitlich. Pawel hatte sich schon aufgestellt und als er mich sah, war er echt froh:

„Wie geht es dir nach der Zombifizierung?"

„Mir geht es gut, aber ich will nicht mehr auf dem verdammten Stuhl sitzen."

„Gut, dass sie auf dich noch nicht eingewirkt haben. Schau die anderen an – sie haben keine Wünsche und Bestrebungen. Sie schauen auf einen Punkt und warten auf eine weitere Dosis mathematischen Fraß.“

„Macht sie das glücklich?“

„Glücklich? Um Himmels willen, nein! Vielmehr vergessen sie, wer sie sind, sie vergessen, dass sie existieren, sie vergessen alles! Ausgelaugt bis zum letzten Atemzug! Es gab sogar einige, die sich wünschten, sie wären nicht von ihren Stühlen aufgestanden. Weiß du, was mit ihnen passiert ist?“

Ich schüttelte verneinend den Kopf.

„An einem Punkt weigerte sich ihr Gehirn, weitere Daten zu verarbeiten, weil sie keine Zeit hatten, sich zu erholen. Schließlich drehten sie einfach durch und warfen sich, noch halb lebendig, in die Presse.“

„Seitdem lassen sie die Gefangenen nicht länger als die streng vorgegebene Zeit“, warf Toma ein, der neben mir stand.

„Gerade dich brauche ich, du Besserwisser!“, flüsterte Pawel fröhlich. „Bring Jean nach unten und sag den anderen, sie sollen zu mir kommen. Philip hat etwas Großes erschnüffelt! Wir sehen uns nach der Arbeitsschicht!“

„Bis dahin!“, sagte Toma und drehte sich zu mir um. „Bewegen wir unsere Ärsche zur ersten und zweiten Linie. Immer lässt man sie auf den Grund hinunter.“

Ich lief hinter ihm her und quetschte mich an den zombieartigen humanoiden Aliens vorbei, die mit ihren riesigen Augen starrten, während schleimiger Speichel aus ihren halb geöffneten Mündern floss. Sie schenkten uns keinerlei Aufmerksamkeit, obwohl sie uns sehen konnten.

„Weil wir den Arbeitsprozess noch nicht unterbrechen“, erklärt Toma.

Ich erzählte ihm, wie ich neben dem offenen Aufzug gesessen hatte und wie ich fast von einer Schlägerei getötet wurde.

„Ich erkläre es dir, während wir runtergehen. Es ist einfach wie Bohnenstroh. Auf der Erde, in unserem Labor, haben wir ähnliche Experimente mit Schimpansen durchgeführt. Ich sage ja nicht, dass wir eine Binsenwahrheit erfahren haben", grinste er breit, „sondern nur, dass wir die Azubis ausgebildet haben. Wir haben fünf hungrige Affen in einen Käfig gepfercht, in dem eine Banane von der Decke hing. Sobald einer von ihnen es wagte, darauf zu klettern, schalteten wir Strom für alle ein. Ziemlich bald lernten sie, dass sie nicht zu der süßen Versuchung klettern sollten. Dann zogen wir einen von ihnen heraus und tauschten ihn mit einem neuen hungrigen Affen aus. Entsprechend begann er sofort, zur Banane zu klettern. Zu seiner großen Überraschung holten die anderen ihn ein und verpassten ihm eine Tracht Prügel. Diese Lektion gab ihm zu verstehen, dass er nicht zur Leckerei klettern sollte. Die Prozedur wurde wiederholt, bis wir nach und nach alle alten Schimpansen herausgeholt und sie mit neuen ersetzt hatten, die wir nie mit Strom behandelt haben. Aber alle wussten, dass sie nicht zu der Banane klettern sollten. Ein ähnliches Experiment wurde hier vor langer Zeit zu dem Zweck durchgeführt, das Gefängnis von den Gefangenen bewachen zu lassen!"

„Sehr schlau!", fügte ich hinzu.

„Aber gilt nicht für Erdlinge!", lachte er. „Jetzt kennen wir die Schwächen dieses kontrollierten Systems und warten auf den richtigen Moment, in dem wir es zerstören und fliehen werden."

„Klingt einfacher, als es ist. Schließlich ist dieses Gefängnis von intelligenten Wesen errichtet worden, die sicherlich eine mögliche Flucht verhindern würden."

„Nicht nur das, sie würden es von weitem riechen, Jean. Aber sie haben nicht mit uns gerechnet. Sie ließen die Tausendfüßler, die vorher hier lebten, zurück und lehrten sie, Gefangene zu jagen. Es gab einen Punkt, an dem die Tausendfüßler fast keine Gefangenen mehr am Leben ließen, und die intelligenten Wesen kehrten den Arbeitszyklus um. Die Humanoiden begannen, nur noch nachts zu arbeiten und tagsüber zu schlafen, gerade wenn die Tausendfüßler aktiv waren. Aber sie haben nicht vorausgesehen, dass sie auch ein Gehirn haben, wenn auch ein primitives. Bei der Implementierung mathematischer Algorithmen lernten die Larven auch, Probleme zu lösen, obwohl sie dies mit geringerer Produktivität taten. Deshalb sind wir jetzt hier mit dir", beendete Toma seinen Monolog und fügte hinzu: „Wir sind angekommen. Wir müssen runter auf diese Etage."

Die Etage unterschied sich nicht von den darüber liegenden, außer dass es hier kälter und feuchter war, dass der Durchmesser geringer war und dass hier weniger Anthropoiden arbeiteten. Die Wand hingegen sah aus wie Schweizer Käse, so zerfressen war sie von Tausendfüßlern.

„Sei so leise wie möglich. Wenn du sie erreichst, zieh vorsichtig an einem von ihnen, denn sie sind wie die Seidenraupen auf unserem Planeten in einen Faden gewickelt. Das Ende wird von ihren Eltern gehalten und wenn du den Faden zerreißt, wachen sie auf, was bedeutet, dass du nicht lebendig herauskommst."

„Und wie soll ich den Weg zurückfinden?", fragte ich verwirrt und verängstigt.

„Das ist kein Problem. Keiner der Tunnels ist mit einem anderen verbunden. Jedes Tausendfüßlerpaar hat sein eigenes Zuhause. Es gibt nur einen Weg zurück." Toma lächelte und wies mich auf einen frisch gegrabenen Tunnel hin. „Tritt mutig rein und viel Glück!"

Mit rasendem Herzen trat ich vor und bückte mich. Es war dunkel und ich konnte absolut nichts vor mir sehen. Mein Herz hämmerte in meiner Brust und versuchte herauszuspringen, sich gegen mich zu stellen und mit aller Kraft zu schreien: „Geh zurück, du Narr!" Ich beruhigte es, indem ich gedanklich bis sieben zählte, dann hockte ich mich hin und kroch weiter vorwärts in die unsichtbare Dunkelheit. Scharfe Steine stachen mir in die Handflächen, rissen meine Knie auf, aber sie konnten mich nicht aufhalten. Der Gedanke daran, dass mir heute Abend wieder Nadeln in den Nacken gestochen werden, ließ mich erschaudern und gab mir die Kraft, weiter zu kriechen. Eva kam mir in den Sinn. Meine schöne Eva, die ich auf der Erde zurückließ, mit dem Beschützer. Ich wollte nicht, dass sie stirbt. Ich hatte mir selbst das Versprechen gegeben, ein Heilmittel zu finden und sie zu retten.

Ich ging weiter, aber wie lange ich kroch, kann ich nicht sagen, denn die Einsamkeit und die Dunkelheit machten die Bewegung schmerzhaft und spielten mit meinem Verstand ein Glücksspiel, das ich verlor. Ich dachte an den Tag, an dem ich weinte, als meine liebe Großmutter starb.

Am Tag vor ihrem Tod umarmte sie mich und sagte mir, ich sollte nicht traurig sein. Aber wie kann ich nicht um jemanden trauern, der mir so lieb und teuer war und den ich unwiderruflich verloren habe? Ich wusste, dass sie jetzt glücklich war, dass sie an einen besseren Ort gegangen war, ganz anders als der, wo ich jetzt krabbelte. Die Finsternis bedrückte mich, aber die Berührung des feuchten Sandes und der scharfen Kieselsteine erinnerte mich daran, dass es hier noch etwas anderes gab als undurchdringliche Schwärze. Etwas, weswegen ich gekommen war. Etwas Kaltes, das sich an meine Hände haftete, dessen gerillte Form mir half, die Larve zu erkennen.

Ich tastete verzweifelt danach und suchte nach dem Faden, um ihn wieder abzuwickeln, wenn ich rückwärtsgehe. Ich fand ihn! Langsam begann ich, ihn mit einer Hand abzuwickeln, während ich die Larve mit der anderen an mich drückte, als hätte ich ein Baby umarmt. Ich kroch rückwärts, denn der Durchmesser des Tunnels machte es unmöglich, mich umzudrehen. Die Larve war schwer, also musste ich sie in die andere Hand nehmen. Ich spannte die schleimige Schnur und achtete darauf, dass sie nicht riss.

Plötzlich regte sich etwas und versuchte, herauszuschlüpfen. Ich war so erschrocken, dass ich die Tausendfüßlerlarve fast fallen ließ. Sie begann sich immer verbissener zu winden. Ich packte sie mit beiden Händen und drückte sie an mich, was sie vorübergehend beruhigte. So gelang es mir, den größten Teil der Entfernung, die mich vom Ausgang trennte, zu überwinden. Ich griff nach dem Faden, aber zu meiner alptraumhaften Überraschung war er gerissen!!! Ich stand so weit auf, wie es der Tunnel zuließ, und eilte rücklings, wobei ich mir alle mögliche Mühe gab zu hören, ob sich etwas nähert.

Ich hatte gerade an Dynamik gewonnen, als ich am anderen Ende Hunderte von kratzenden Füßen hörte, synchronisiert in einem Unheil verkündenden Takt.

Mein Verstand fing an, fieberhaft zu arbeiten. Hatte ich etwas – irgendetwas, was mich vor den herannahenden Eltern schützte? Nein, nichts außer der Ellipse, die explodiert wäre, wenn ich sie aktiviert hätte. Also würde ich hier bleiben, begraben unter Tonnen von Sand und Steinen. Die Schritte hörte ich immer deutlicher. Ich beeilte mich, fühlte mit jeder Faser meines Körpers den Tod nahen. Einen Moment, nachdem mich die Panik ergriffen hatte, stolperte ich und fiel hin. Die Tausendfüßler würden mich in Sekunden zerreißen! Mein Gott, was hatte ich noch in meinen Taschen außer der nutzlosen Ellipse? Ich durchsuchte sie mit einer Hand und zog im letzten Moment die zwei in Alufolie eingewickelten Essenspakete heraus, die ich von dem Aufseher mit dem quietschenden Karren erhalten hatte. Ich riss die Folie mit den Zähnen auf, warf den festen organischen Inhalt nach und nach weg, sprang auf meinen Bauch und versteckte die Larve unter meinem Körper. Ich senkte den Kopf und erstarrte unbeweglich. Es gab nichts, was ich tun konnte, außer zu Gott zu beten.

Die Tausendfüßler waren hier. Sie klapperten mit den Kiefern und stürzten sich auf das Futter. Dann blieben sie stehen und klapperten wieder. Nicht einer kam in meine Nähe. Ihre Füße kratzten umher, aber nicht so, wie ich sie hörte, als sie kamen, jetzt gab es keinen Gleichklang, irgendetwas geschah mit ihnen. Einer von ihnen kroch mir auf den Rücken und blieb dort regungslos stehen. Ich wartete auf mein Ende. Das Einzige, was ich hörte, waren zum Glück zurückweichende, kratzende Füße.

Also, einer war weg! Der andere war über mir und bewegte sich nicht. Eine nach Tod riechende Flüssigkeit lief mir über den Kopf. Meine Abscheu vor diesen Kreaturen hatte Vorrang vor der Vernunft. Ich beugte mich zur Seite und die Leiche des unglücklichen Tausendfüßlers rutschte von meinem Rücken. Ich hob den Kopf und grüne Laser leuchteten vor meinen Augen. Ich kroch langsam vorwärts. Am Ausgang des Tunnels wartete Toma blass auf mich. Er nahm die Larve und half mir auf die Beine.

„Ich dachte, du wärst erledigt! Ich hörte ihre Schritte.“

„Der Faden riss und Mama und Papa jagten mich. Ich habe zwei Stück Gefängnisessen geworfen. Sie rauften sich um die Beute und einer starb auf mir.“

„Du hattest saumäßiges Glück, Jean! Komm schon, lass uns hier verschwinden! Schnell, wir verstecken uns in einer Nische, weg vom Anblick der zombifizierten Humanoiden. Du brauchst eine Ruhepause!“

Wir warteten, bis sich alle Anthropoiden zum Bord des Tagebaus zurückgezogen und sich für eine weitere Ladung angestellt hatten. Dann machten wir uns heimlich auf den Weg zum Aufzug, der in die nächste Etage führte. Dort verbarg ein großer Felsen eine gemütliche dunkle Nische, in der wir uns schweigend niederließen und auf das Ende der Arbeitsnacht warteten. Ich entspannte mich wie auf einer Wolke und schlief unmerklich ein.

„Jean! Jean! Wach auf! Es ist Zeit!“

Ich öffnete meine Augen und sah den sich über mir beugenden Toma.

Er reichte mir die Larve, die ich geschickt unter meiner Jacke versteckte. Wir stellten uns als letzte neben den Anthropoiden an und warteten.

„Wohin jetzt?“, fragte ich ihn leise.

„Von hier aus, Jean, verwende das stationäre Lasersystem als Führung. Pawels Zelle liegt direkt gegenüber und deine grenzt an seine. Komm schon, wir sehen uns bald. Vergiss nicht, die Larve mitzubringen.“

Ich wunderte mich über seine letzten Worte, aber ich hatte keine Zeit, unnötige Fragen zu stellen. Ich ging zurück in meine Zelle und wartete auf den buckligen, zweiköpfigen Humanoiden, der die ekelhaften Essenspakete ablieferte. Nachdem sein quietschender Karren vorbeigefahren war, schnappte ich mir die fest eingewickelte Larve und zwängte mich durch das Loch in die nächste Zelle. Dort warteten bereits Pawel, Joan, Peter, Toma und Jakow auf mich.

„Bravo, Jean! Jetzt hast du ein Haustier!“, gratulierte mir Pawel.

„Es war kein Spaß, es aus dem Tunnel zu holen, so ganz ohne Licht. Wenn ich zumindest eine Taschenlampe gehabt hätte…"

„Und du wärst tot, bevor du in die Nähe der Larven gekommen wärst!" Jakow unterbrach mich. „Lass mich deine untersuchen."

Ich gab sie ihm, ohne lange zu fackeln. Er nahm sie, drehte sie auf den Rücken, drückte ihren Kopf auf den Boden und wickelte mein Hemd ab. Ihre hunderte Füße zappelten hilflos in der Luft.

„Hm, ja! Da waren sie, die beiden Kopfteile und der aus vierzig Gliedern bestehende Rumpf. Hier sind die Segmente, die ihr eine flexible Bewegung in alle Richtungen ermöglichen. Wir sind an den Gleichgewichtsorganen interessiert."

Während er vor sich hin murmelte, hieb Jakow unerwartet schnell einen Stein gegen den Kopf der Larve. Die zwei fingerdicken Antennen rissen ab, und eine bläuliche Flüssigkeit mit einem spezifischen Geruch floss aus ihnen heraus.

„Was hast du getan, Jakow?"

„Ich habe die Statozysten in ihren Antennen entfernt. Sie wird dir nicht mehr entkommen können. Wo du sie immer versteckst, dort wirst du sie finden. Das Gehirn ist nicht beschädigt, es wird von nun an die Aufgaben für dich lösen. Herzlichen Glückwunsch!", sagte er feierlich, als ob ich eine Beförderung erhalten hätte.

Ich hob die verstümmelte Larve voller Mitgefühl vom Boden auf. Sie fuchtelte nicht mehr heftig mit den Füßen, sondern zuckte im Takt der Schmerzen, die in Wellen kamen.

„Sie bekommt zweimal am Tag Nahrung und nach einem Monat nur noch einmal am Tag. Wenn sie mehr als hundert Zentimeter wächst, brauchst du eine neue."

„Das wird nicht nötig, Jean!", redete Simon drein, der zusammen mit Matey, Andrey und Philip in der Zelle erschienen war. „Bis dahin sind wir weit von hier entfernt."

„Was habt ihr da gefunden, Jungs?", fragte Pawel hoffnungsvoll.

„Wertvolle Kisten, Container und ein Raumschiff", antwortete Andrey keuchend.

„Eigentlich sind die Kisten schwarz, aber unser Computergenie nannte sie wertvoll", sagte Philip sarkastisch.

„Erklärt bitte, ohne ausfallend zu werden!", runzelte Pawel die Augenbrauen.

„Ich werde sprechen!", stand Matey auf, und seine majestätische Statur warf einen Schatten auf den Stuhl in der Zelle.

„Andrey hatte recht. Lösungen für mathematische Probleme werden in speziellen Hardware-Boxen gespeichert und nicht von Drohnen getragen. Das macht es praktisch unmöglich, dass Informationen durchsickern. Jeder Zellenstuhl ist durch ein in den Boden eingegrabenes optisches Kabel mit dem Hauptcontainer verbunden. Dort werden die Daten von gelösten Aufgaben direkt in die Blackboxen abgeleitet. Wenn die Container mit Kisten gefüllt sind, werden sie schrittweise von einem unbemannten Gabelstapler in das Raumfahrzeug geladen".

„Und woher kommen die leeren Behälter?"

„Wieder vom Schiff", antwortete Matey.

„Bewacht jemand den Ort?"

„Nein. Es gibt absolut niemanden. Die Erbauer der Zellen haben optische Täuschungen genutzt, um das Gelände zu verbergen. Sie haben sich auf ihre geniale Technologie verlassen und sind nicht davon ausgegangen, dass jemand den Weg zu den Sanddünen finden würde. Simon schaffte es sogar, einzusteigen und das Schiff zu untersuchen. Er sah keinen Kommandoraum, keine Piloten. Ganz einfach, dies ist ein Frachtschiff, mit dem wir entkommen können."

„Wohin fliehen?! Wir gehen direkt in die Hände der Schöpfer!", unterbrach ich ihn.

„Die Frage ist überflüssig, Jean", sagte Pawel. „Untätigkeit wird auch früher oder später tödlich sein. Wenn wir also sterben müssen, dann bei einem Versuch, die Freiheit zu erlangen."

„Pawel hat recht, aber selbst wenn wir an Bord gehen, wissen wir nicht, wie lange das Schiff fährt. Und wann es losgeht", rief Jakow, der Biologe.

„Andrey berechnete anhand der Anzahl der Kisten und des Volumens des Containers, dass es in dreißig Tagen abheben würde. Auch hier würde die Reise seiner Meinung nach nicht länger als fünfzehn Tage dauern."

„Das stimmt, wenn wir annehmen, dass das Schiff nicht anhält und nicht zu anderen Planeten mit ähnlichen Tagebauen abweicht", sagte Pawel.

„Ich glaube nicht, dass irgendjemand eine so wertvolle Fracht riskieren würde, die quer durch die Galaxis hin- und herfliegt, zumal sie die Informationen auch per Mikrowellenstrahlung hätten übertragen können, was sie aber nicht taten", verteidigte Andrey seine These.

„Was ist, wenn sie Dutzende von Schiffen für den Transport benutzen und jedes alle zwei Monate ankommt, aber schon seit fünfzig, hundert, tausend Jahren unterwegs ist?", gab Pawel nicht auf. „Oder könnte es Teil einer langen Staffel sein und die Ladung wird von Schiff zu Schiff weitergegeben?"

„Das überlegen wir uns, wenn es soweit ist!", sagte Philipp entschieden. Die anderen begrüßten seine Worte mit lautem Applaus, alle außer Joan, dem ältesten Mann in der Gruppe.

„Ihr glaubt, ihr könnt einfach einsteigen und losfliegen? Dann lebt ihr in einer bitteren Täuschung. Die Gefangene werden es nicht zulassen. Ihr habt vergessen, dass sie den Arbeitsprozess streng überwachen. Sie werden euch durchschauen und in Stücke reißen, sobald sie eure Abwesenheit bemerken. Ihr denkt, dass sie erbärmliche, hirnlose Kreaturen sind, die nur auf einen Punkt gerichtet sind? Auch hier liegt ihr falsch. Heute war ich Zeuge, wie ein Anthropoid die Anwesenden auf dem Boden gezählt hat."

„Soll ich das, was du gesagt hast, als das Ende all unserer Hoffnungen auffassen?", seufzte Pawel.

„Es gibt nur einen Weg zum Erfolg", grinste Joan makaber, „wir müssen alle Gefangenen töten!"

„Aber wie? Wir sind nur zehn Mann! Sollen wir sie steinigen?! Hier leben etwa fünftausend Anthropoiden und die meisten von ihnen sind extrem groß und stark.", wagte ich, etwas zu sagen.

„Seid ihr alle dieser Meinung?"

Die Gruppe verstummte und sogar Pawel senkte den Kopf.

„Ha! Das fehlte noch! Wisst ihr, wie die Seeleute früher die Rattenschwärme losgeworden sind, die das Getreide im Laderaum angegriffen haben?", sagte John entrüstet.

„Die müssen Katzen an Bord gehabt haben!", vermutete Philip.

„Nichts dergleichen, mein lieber Freund! Sie hatten nur eine kleine Falle und ein mittelgroßes, leeres Rumfass. Sie fingen vier oder fünf Ratten und sperrten sie in das Fass. Dann warteten sie geduldig. Die Ratten wurden hungrig und begannen, sich gegenseitig aufzufressen.

Die Stärkste überlebte. Als die Matrosen sie freiließen, begann sie, ihre Artgenossen zu jagen. Sie rottete sie bis auf die letzte aus. Und dann starb sie, weil es nichts zu essen gab. Das Getreide schmeckte nicht mehr."

Es herrschte Stille, die von Pawel gebrochen wurde:

„Wird dein Plan hier funktionieren?"

„Es wird funktionieren und wie! Folgt meinen Anweisungen, und wenn alles gut geht, werden wir alle in genau einem Monat auf dem Schiff sein."

„Wir müssen den Schleim-Extruder beschädigen", fiel mir ein.

„Vorher müssen wir den Speistenträger beseitigen. Danach müssen wir die für die Anthropoiden vorbereiteten Pakete im Schiff lagern", fügte Pawel hinzu.

„Wir brauchen die Gefangenen nicht in eine Zelle einsperren. Schon am dritten Tag werden sie massenhaft anfangen, sich vor Hunger gegenseitig zu vernichten", warf Peter ein.

„Wenn wir deiner Behauptung zustimmen", konnte sich Joan nicht zurückhalten, „wird der Arbeitsprozess in der Mine zum Stillstand kommen. Es gäbe niemanden, der auf den Stühlen der Sonden sitzen würde. Es wird nicht genug wertvolle Kisten geben, um das Schiff zu füllen, und es wird nicht abheben, bevor es seine Norm gedeckt hat. Die Methode, die ich vorgeschlagen habe, ist schrittweise und langsam – genau das, was wir in dieser Situation brauchen."

„Er hat recht", unterstützte Pawel ihn. „Der Plan wird nicht mehr zur Diskussion stehen."

„Wir brauchen ein Alphamännchen, das die Drecksarbeit macht", fuhr Joan fort. „Zu diesem Zweck wird einer von uns seine Zelle aufgeben und die anderen werden ein paar Anthropoiden dorthin locken. Wählt die Stärksten. Andrey und Philip werden die Tür abschließen, bis nur noch einer drinnen ist. Wir befreien ihn und gehen an Bord des Schiffes, dort warten wir auf das Ende der Bartholomäusnächte, und wenn der Container mit wertvollen Kisten gefüllt ist, heben wir ab. Hat jemand noch Fragen?"

Keiner sagte etwas. Der Plan war perfekt.

„Morgen nach der Arbeit handeln wir", befahl Pawel. „Und möge Gott uns beistehen!"

Die Sirene unterbrach die leidenschaftlichen Reden und jeder in der Gruppe zwängte sich in seine Zelle, legte die Larve auf den Stuhl und ging schlafen.

Der Beginn der nächsten Nacht war nicht anders als die vorherigen. Die Sirene kündigte die Öffnung der Zellen an, die Aufzüge bewegten sich auf und ab, verteilten uns auf die Etagen des Bergwerks und der monotone Arbeitsprozess begann, wie es im Buche steht. Wir trugen die schweren Asbestrollen, stiegen heimlich auf den Grund hinab und sahen uns nach den größten Anthropoiden um. Jeder von uns musste fünf Etagen durchstreifen und einen Favoriten auswählen. Von den zehn Genannten wählte Joan fünf. Die Eidechse, der Pilz, der Rikturianer, der Wanst und der Rothals würden bis zum Tod um den Titel des „Spitzenkannibalen" kämpfen. Die Namen, die wir uns für sie ausgedacht haben, hatten nichts mit einer tiefgreifenden wissenschaftlichen Klassifizierung zu tun.

Im Gegenteil, sie wurden ihnen spontan gegeben und wiesen auf einen streng individuellen Charakterzug jedes Häftlings hin.

Die Echse zum Beispiel war groß, mit kleinen grünlich-braunen Schuppen bedeckt, ein typisches Reptil, wenn man nicht die beiden Fühler zählte, die in blauen Becherformen endeten. Peter und Simon ahnten, dass er der zukünftige Gewinner sein würde. Philip und Andrey sagten jedoch das Überleben des Pilzes voraus, eines 1,80 Meter großen, knochigen Anthropoiden von außergewöhnlicher Stärke. Ihnen war aufgefallen, dass er im Tagebau zwei Asbestrollen auf einmal mit sich führte. Sein Kopf ähnelte einem Waldpilz, daher sein Name. Der Wanst hingegen war der Liebling von Jakow und Matey. Ein breitschultriges, kurzes (im

Vergleich zu den anderen), etwa 170 Zentimeter großes, muskulöses Wesen mit kleinem Kopf und einem der dicksten Hälse, die wir je gesehen hatten. Sein Bauch war birnenförmig und aufgebläht, verantwortlich dafür war sein beneidenswerter Appetit. Aber es gab noch einen anderen furchterregenden Gegner, der ein Favorit von Joan und Thoma war – der Rothals! Er erinnerte wegen der knöchernen Auswüchse, die aus seiner Wirbelsäule ragten, an die längst ausgestorbenen Spinosaurier der Erde. Ihre Größe nahm zu den Halswirbeln hin ab und am Anfang der Stirn verschwanden sie vollständig.

Nach Pawel würde der Rikturianer jedoch alle aufessen. Er war ein zwei Meter großer Anthropoid mit einem unverhältnismäßig großen Maul (daher der Name vom lateinischen rictus), das ein Drittel der Gesichtsfläche einnimmt. Ihm fehlten Augen, Nasenlöcher und Ohren.

Bewaffnet mit Zähnen, Krallen und uns unbekannten Sinnesorganen weckte er meine kindliche Angst vor den versteckten Monstern unter dem Bett. Ich fragte mich, wie wir all diese Wesen in eine Zelle bekommen sollten, aber offensichtlich war das Team auch darauf vorbereitet.

Am Ende der Arbeitsnacht waren die anvisierten Häftlinge ausfindig gemacht und wir wussten, in welchen Zellen sie lagen. Toma und ich gingen direkt zum Hangar, wo sich der Schleim-Extraktor befand. Unsere Aufgabe war es, ihn zu beschädigen. Auf diese Weise würde sich der Essensträger um die Reparatur kümmern und wir könnten Zeit für den Rest der Gruppe gewinnen. Wir hatten eine Stunde Zeit, genug, um es zu schaffen. In der Nähe des Hangars lebte der Bucklige, ein zweiköpfiger Humanoid, der einzige Wächter des Gefängnisses. Wir hofften, dass er zu dieser Zeit schlafen würde, damit wir ungestört unsere Arbeit machen konnten. In solch angespannten Momenten gab es keinen Raum für Improvisation und alles musste nach Plan laufen.

Der gewölbte Hangar war vernachlässigt, mit einer lückenhaften Dachfläche, und im Inneren herrschte Halbdunkel. Ein Ort voller riesiger, staubiger Bulldozer, Bagger und anderer bizarrer

Erdbewegungsmaschinen, die hier stillschweigend geparkt, benutzt und für alle Ewigkeit abgeladen wurden. Wir schlüpften zwischen ihren schwarzen Schatten hindurch, in Richtung eines dumpfen, gurgelnden Plätscherns, ähnlich dem Geräusch eines arbeitenden Eisgenerators.

Wir suchten mit unseren Augen nach dem buckligen Speisenträger, aber es gab keine Spur von ihm.

Wir schlichen uns zwischen die dunklen Reihen hinein, die vom herannahenden Morgen in grünlich-grauen Tönen beleuchtet wurden. Im hinteren Teil des Hangars waren die Maschinen kaputt geschlagen und ihre Teile rollten durcheinander, verlassen und für niemanden mehr brauchbar. Für uns waren einige von ihnen unschätzbare Gegenstände, die uns dienen würden – entweder als Werkzeuge zum Graben oder als Schutzmittel. Ich beugte mich nach einem abgebrochenen, am Ende spitz zulaufenden Metallhebel. Toma fand Gefallen an einem handlichen Deckel, der einst zu einem verbeulten, rostigen Fass gehört hatte, das über den staubigen Boden rollte.

„Guter Schild!“, flüsterte ich ihm neidisch zu.

„Schöner Speer!“, stand er mir nicht nach.

Unser scherzhaftes Lächeln verblasste, als wir schnelle Schritte hörten, die sich näherten. Es gelang uns, uns unter der nächstgelegenen Kettenmaschine zu verstecken und in der Zwischenzeit den Wärter zu beobachten. Ein paar Sekunden später und er hätte uns erwischt. Er blieb nervös stehen und sah sich an der Stelle um, an der wir vorhin gestanden hatten. Wir waren ein paar Schritte von ihm entfernt und ich konnte ihn ganz genau betrachten.

Der bucklige, zweiköpfige Anthropoid, in einen zerfledderten Mantel eingehüllt, stützte sich auf einen skurrilen Metallstab. Es war das erste Mal, dass ich ihn sah, denn als er das Essen auslieferte, lehnte er sich auf seinen Karren. Seine beiden Köpfe schwenkten unabhängig voneinander nach links und rechts, wodurch die Fühler, die wie Schnurrhaare aus seinen beiden nach vorne ragenden Unterkiefern ragten, ins Schwanken gerieten.

Jedes der beiden Augen, gehalten von rüsselförmigen Antennen, bewegte sich asynchron zueinander und beschrieb Halbkreise vorwärts, aufwärts und rückwärts. Bei diesem Sichtfeld von dreihundertsechzig Grad hätte uns der Anthropoid nicht übersehen können, wenn wir uns nicht hinter der Stachelkette versteckt hätten.

Wir hielten den Atem an und warteten, bis er vorbei war, dann machten wir uns flink auf den Weg zum Extraktor. Der Apparat war nicht größer als zwölf Schritte und nicht breiter als ein gewöhnlicher Küchentisch. Es war ein durchsichtiges zylindrisches Objekt, dessen Ende gebogen war und im Schleim steckte. Er funktionierte einwandfrei und die Prozesse der Lebensmittelverarbeitung konnten darin beobachtet werden. Das gewonnene feste Produkt wurde in Formen geschnitten, die in Aluminiumfolie eingewickelt wurden. Die hergestellten Pakete wurden direkt in den quietschenden Karren gekippt.

Es gab keine Möglichkeit, den Extraktor mit der Metallstange zu zerschlagen. Der Schaden musste zufällig und präzise sein, mit der Möglichkeit, repariert zu werden, nicht barbarisch. Wir dachten fieberhaft nach und untersuchten die Maschine aus allen Winkeln, konnten aber keine Schwachstelle finden. Toma verfolgte das Prinzip, nach dem der Netzbetrieb funktionierte, und ich schaute auf seine längliche Öffnung, in die die Folienrolle hineinkam, die immer dünner wurde und bald zu Ende gehen würde.

„Der Bucklige wird bald kommen, um sie zu wechseln! Wir haben keine Zeit mehr!", sagte ich zu Toma und, ohne ihm Fragen zu stellen, schob ich den Metallhebel in den Auslass des Extraktors und drückte ihn ein paar Mal.

Ich beschädigte nur den Mechanismus, der die Pakete verpackte, und die Maschine verstummte. Das schrille Heulen einer Sirene schallte durch den Hangar. Es war an der Zeit, uns davonzumachen. Zuerst kletterten wir auf einen hohen Bagger, um nicht mit dem Aufseher zusammenzustoßen, und warteten. Kurz darauf erschien er keuchend und in Panik, eilte zum Extraktor und blieb neben seinem Karren stehen. Er inspizierte den Schaden sorgfältig und zog seinen fadenscheinigen Mantel aus. Das, was wir für einen Buckel hielten, löste sich von seinem

Körper und kroch langsam auf die Erdbewegungsmaschinen zu. Der Zweiköpfige ging in die Hocke, holte einige Werkzeuge unter dem Wagen hervor und begann, den Extraktor zu reparieren, als wäre nichts geschehen.

„Ixodes ricinus!", flüsterte Toma entsetzt und stieg leise aus dem Bagger.

Ich holte ihn schnell ein und schloss zu ihm auf.

„Was war das?", fragte ich ihn ungeduldig.

„Bete, dass wir ihm nicht begegnen!"

„Sag es mir!", beharrte ich.

„Wir haben keine Zeit, wir müssen hier raus, Jean!", befahl mein Partner und rannte in die andere Hälfte des Hangars, wo das Gewölbe mehr zerrissen war und Strahlen von Reseda-Licht einen Abdruck auf den Maschinen hinterließen, die einst die Mine gegraben hatten. In dem Bemühen, im Schatten der zertrümmerten Radlader verborgen zu bleiben, hatten wir unmerklich die gewölbte Wand dieses ominösen Ortes erreicht. Es gab keine Möglichkeit, den Paradeeingang zu passieren, denn das Wesen, das sich vom Körper des Wächters löste, würde ihn bewachen.

„Wir gehen da lang!", zeigte Toma mit dem Finger auf die halbkugelförmige Decke des Hangars.

Ich sah auf und begriff seine Idee. Direkt über einem hohen Kran brach ein Licht. Der Spalt war breit genug, um sich hindurchzuzwängen.

„Und wie kommen wir dann runter?"

„Bist du als Kind nicht auch gerutscht?", widersprach Toma und lächelte.

„Nur auf den Rutschen auf den Spielplätzen."

„Die hier ist nicht gerade für uns, aber für Teenager ist sie in Ordnung", antwortete er witzig und trat, an den Maschinen vorbeigehend, unerwartet gegen ein kleines Metallteil, das in ein leeres Eisenfass flog und laut genug rasselte, um unsere Position zu verraten. Es entstand eine lange, angespannte Totenstille. Toma sah mir direkt in die Augen und befahl in einem ruhigen, gleichmäßigen Ton:

„Steig auf den Kran und nichts wie weg!"

Dann wich er zurück, bis ihn die Dunkelheit zwischen den Maschinen umhüllte.

„Wohin gehst du, Toma?", fragte ich beunruhigt und folgte ihm. „Ich kann dich nicht alleine lassen!"

Irgendwo da draußen in der Dunkelheit flüsterte er:

„Lauf!"

Das waren seine letzten Worte. Und sie reichten mir, meine Wahl zu treffen.

Ich war weder stolz auf meine Tat, noch konnte ich sie vor der Gruppe rechtfertigen, aber ich wusste, dass Toma starb, damit ich leben konnte. Also eilte ich zum Kran und stieg mit letzter Kraft die Leiter hinauf. Ich hatte keine Erinnerung daran, wie ich zur Steuerkabine und wie ich dann über die Rampe und durch den Spalt gekommen war. Irgendwann fand ich mich vor dem Hangar wieder und lief zum Treffpunkt mit Pawel und Jakow.

Nach diesem unglücklichen Ende halluzinierte ich viele Tage lang, als würde ich eine endlose schiefe Ebene hinunterrutschen. Ich wachte unkontrolliert zitternd auf. Manchmal sah ich im Schatten Tomas Gesicht, das vom giftgrünen Licht halb erleuchtet war und in ausdruckslosem Ton flüsterte: „Lauf!" Und ich rannte. Ich rannte schneller als je zuvor, denn ich floh nicht vor der Gefahr, die vorüber war, sondern vor mir selbst.

Ich überquerte die Straße zum Fuß des Kontrollturms und brach benommen zusammen. Pawel wartete taktvoll, nahm mich am Arm und brachte mich wieder auf die Beine. Ich las Angst in seinen Augen.

„Wo ist Toma? Habt ihr es geschafft, den Extraktor zu beschädigen?

„Er ist tot. Der Auftrag wurde erfolgreich erledigt."

„Zögern wir also nicht! Jakow, gib den anderen ein Zeichen!"

Der Biologe drehte sich zur Seite und hob die Hand. Die sechs des Teams erreichten die drei Zellen der markierten Anthropoide.

Vor der Frühstückszeit saß niemand mehr auf seinem Stuhl, sondern alle liefen nervös hin und her und warteten auf die tägliche Kalorienration. Der Schütze Matey näherte sich jedem Außerirdischen und blies durch einen kurzen spitzen Trichter, aus dem sich ein kurzer Pfeil problemlos in das Fleisch der Gefangenen bohrte, und sie fielen sofort bewusstlos um.

„Wie…", versuchte ich, neugierig zu fragen.

„Ruhe, Jean!", befahl Philippe, „Lass sie ruhig schlafen. Das Rezept ist von Simon, aber Andrey hat ihm geholfen. Erinnerst du dich noch daran, dass es dir nicht weh tat, wenn sich die Nadeln des Stuhls in deinen Hals bohrten?"

Ich nickte. Es war klar, woher sie das Narkosemittel herbekommen hatten. Matey entdeckte die letzten beiden, die dem Schicksal der anderen folgten. Alle schliefen schon. Joan verteilte gut gelungene Schaufeln, gemacht aus den verstreuten Teilen im Hangar. Wir teilten uns zu zweit auf, vor der letzten Zelle blieb nur Pawel. Wir begannen fieberhaft, Tunnel unter den Türgittern zu graben. Die Arbeit war erfolgreich, denn die Erde selbst war sandig, und es gab kaum zusammenhängende Steine. Aus diesem Grund achteten wir darauf, dass die Wände der kurzen Tunnel nicht einstürzten und zogen bald den Rothals heraus. Dann waren der Pilz, der Wanst, der Rikturianer und die Eidechse an der Reihe. Wir schleppten sie in die erste leere Zelle. Wir hatten diese als ihre Begräbnisstätte gewählt, damit die Schreie, das Wimmern, Jammern und Stöhnen der elenden Wesen nicht zu hören waren, damit wir keine unmittelbaren Zeugen der brutalen Schlachten waren, der blutbefleckten Mauern, der Grausamkeiten des erzwungenen Kannibalismus, der durch die Hungersnot verursacht wurde, zu der wir die Menschenaffen verurteilt haben.

Die herbeigezerrten Gefangenen schliefen immer noch süß und sanftmütig, ihre Glieder bewegend. Joan betrachtete mit Zufriedenheit das vorübergehend ruhige Bild.

„Sterbt, ihr verdammtes Mistvieh!", zischte er durch die Zähne und wandte sich an Philip und Andrey, die auf die Zellendecke geklettert waren, „Ihr könnt jetzt den Vorhang herunterlassen!"

„Geht zur Seite!", warnten die Männer und rollten zwei Asbestrollen aus, die nebeneinander lagen und sorgfältig mit Sand beklebt waren.

„Ausgezeichnete Verkleidung, Jungs!“, rief Pavel. „Los geht’s! Jean hat uns etwas zu sagen!“

Eine kühle Brise schien durch mich hindurchzugehen und mich zu erschauern. Mit schmerzendem Herzen musste ich gedanklich wieder in den Hangar zurückgehen und die Geschichte nacherzählen, an die ich mich nicht erinnern wollte. Vielleicht war das mein Urteil für den verlassenen Freund, der in die Fänge des Todes gefangen war. In Pawels Zelle beantwortete ich ihre Fragen automatisch und konsequent. Ich ging nicht ins Detail, ich sagte nur das Wichtigste. Die wertvollsten Informationen mussten erst noch ans Licht kommen.

„Erinnerst du dich, was Thoma sagte, als der Essenslieferant seinen Umhang abgenommen hat?“, wandte sich der Biologe Jakow an mich.

„Ich erinnere mich nicht mehr genau, aber ich glaube, es war irgendetwas auf Latein: ixodes oder ixodus, es waren zwei Wörter, aber das zweite, ich weiß in keiner Weise, was es war.“

„Ihr seid auf irgendeinen fremden Parasiten gestoßen! Ixodes ist eine taxonomische Gattung von Zecken, die nicht größer als fünf Millimeter sind“, vermutete Jakow.

„Das Wesen war so groß wie ein Fußball“, erläuterte ich, „es kroch langsam …, aber es tat Toma etwas an.“

„Mit Sicherheit konnte es springen, denn es hat sich von hinten von dir weggezogen“, vermutete Pawel, der jedes meiner Worte aufnahm“. „Er hat den Parasiten auf seinem Rücken gespürt. Und er wollte dich beschützen.“

Ich seufzte und suchte mit tränenden Augen den Boden.

In diesem Moment unterbrach das Quietschen des Lieferwagens das schmerzhafte Gespräch und verscheuchte uns in unsere Zellen. Der Karren hielt an, das Paket wurde wie üblich mit einem unachtsamen Schwung geworfen, woraufhin der Außerirdische seine Routinearbeit fortsetzte. Ein kurzer Blick genügte mir, um zu erkennen, dass der „Buckel“ wieder dort war, geschickt verdeckt von dem fadenscheinigen grauen Umhang, der so lang war, dass er fast darauf trat.

Ich ging in die sauberere Ecke, weg vom Fäkalieneimer, nahm die versteckte Larve, legte sie auf den Stuhl, wo sie die Aufgaben für mich löste, und versank in Gedanken an meine kranke Eva, für die ich hier war. Ich war bereit, alles zu tun, um sie zu heilen, aber ich war nirgendwo hingekommen, und es gab nichts, was mir sagen konnte, wo dieser Entwickler war, der vielleicht ihren Qualen ein Ende setzen könnte.

Ich musste immer wieder an die Frau denken, die ich halb erfroren liegen sah, eingewickelt in meinen alten Pullover und ein paar Militärdecken, dort in der Höhle, mitten im Nichts.

Ich war mir über meine Chancen, nach Hause zu kommen und Eva auf die Beine zu stellen, im Klaren und sie tendierten gegen Null. Je mehr Zeit verging, desto fester trat ich auf den Boden der Tatsachen, dass wir hier allein waren und der einzige Grund, am Leben zu sein, ein böser, außerirdischer Wille war, der diesen Ort erbaut und Tausende von Aliens versklavt hatte.

Leerer Raum und die Null. Das war eine tödliche Kombination zur Eroberung des Verstandes eines ahnungslosen Anthropoiden mit leerem Blick und glückselig in den Nacken gestochenen Nadeln. Der Code der Algorithmen war mit Nullen und Intervallen verschlüsselt und wurde von unserem Computergenie Andrey geknackt.

Meine Gedanken schweiften ab in Erwartung des nächsten Tages, an dem die Wahl uns an die Grenzen der geistigen Belastbarkeit bringen würde. Wir waren im Begriff, eine bittere Lektion in perverser Brutalität höchster Form zu erhalten. Nur wenige würden überleben.

★★★

Die Sirene kündigte den Beginn einer weiteren Arbeitsnacht an, öffnete die automatischen Zellentüren und forderte alle Gefangenen auf, rauszugehen. Während wir uns für die Aufzüge anstellten, drehte sich Pawel um und sah mich an.

„Jean, kommst du mit mir in Zelle 1?"

Natürlich wollte ich das. Gott weiß, welche Entwicklung der Ereignisse nicht zu erwarten war, aber ich hatte heute keine Lust, in den Tagebau zu gehen.

„Interessant, ob der Lebensmittelträger die maskierte Tür bemerkt hat", bemerkte ich.

„Das glaube ich nicht. Philip hatte die verrückte Idee, sich in eine mit Sand bedeckte Asbestrolle zu wickeln, als wir ankamen", lachte Pawel.

„Und was ist passiert? Hat der Bucklige es gesehen?"

„Nein, er zog an ihm vorbei wie ein Schnellzug an einem kleinen Bahnhof. Er hat auch nicht das ihm zustehende Päckchen geworfen. An diesem Tag blieb Philip hungrig, aber wir lernten, wie man verschiedene stationäre Gegenstände versteckt."

„Warum haben wir die Rollen im Hangar mit Toma nicht benutzt?"

„Sie sind zu schwer. Stell dir vor, wie ihr mit ihnen drinnen zwischen den Maschinenreihen hin und her laufen und mit dem Alien Verstecken spielen würdet."

„Ich gebe zu, ich habe nicht an ihr Gewicht gedacht."

„Philip und Andrey waren auch vergesslich, und als sie zwei Rollen bis zur ersten Zelle bringen mussten, war es für sie etwas qualvoll."

Es stellte sich heraus, dass Pawel recht hatte. Die improvisierten Vorhänge blieben unversehrt. Also hatte der Wärter nicht bemerkt, dass er diese Zelle übersehen hatte. Seltsamerweise war nichts daraus zu hören. Weder ein wildes Gebrüll noch Hilfeschreie. Eine beunruhigende Stille herrschte an diesem Ort. Ungeduldig hoben wir das Ende einer Asbestrolle an.

Der Anblick war erschütternd. Vier verstümmelte Leichen lagen im Staub. Keine von ihnen war gefressen worden, sie waren einfach nur tot. Zwei der Stäbe der Zellen waren nach außen gebogen. Deformiert genug, damit wir uns mit blassen Gesichtern anschauten. Pawel flüsterte:

„Der Rikturianer ist entkommen."

„Lass uns die anderen warnen!"

„Ich glaube nicht, dass er eine Gefahr für andere ist“, sagte Pawel. „Er tötete nicht aus Hunger. Ihm fehlte ein arbeitender Stuhl, an dem er sein gewaschenes Gehirn aufhängen konnte. Unter Joans Anweisung gelang es Andrey, ihn in die nächste Zelle zu bringen, ohne ihn zu verletzen.“

„Wenn er nicht gefährlich ist, woher hat er dann die Kraft genommen, die Metallstäbe zu verbiegen?“, wandte ich ein.

Pawel hob die Schultern und dachte weiter laut nach:

„Der Plan von Joan war ein komplettes Scheitern. Wenn Rauschmittel in die Gehirne von Lebewesen eingeführt werden, können wir ihre Handlungen nicht mehr kontrollieren, weil sie völlig unberechenbar werden. Ich bin wütend, dass ich das Problem nicht durchschaut habe, das wir auch ganz anders hätten lösen können. Das unbemerkte…“

Das waren die letzten Worte von Pawel. Plötzlich sprang der Rikturianer vom flachen Dach der Zelle auf ihn, stieß ihn zu Boden und biss ihn in die Kehle. Er streckte mir hilflos die Hand entgegen, ließ sie dann fallen. Es folgten Agoniekrämpfe. Ich konnte nichts anderes tun, als zum Tagebau zu rennen und einem Freund in Lebensgefahr zum zweiten Mal den Rücken zuzukehren. Ich lief an der Lasermaschine vorbei, die die Orientierungspunkte auf den Brettern des Tagebaus scannte, und konnte zum Glück den ersten Aufzug betreten, der wie auf Bestellung in den 50. Stock hinaufgefahren war. Ich schaute hinter mich, sah aber nichts näher kommen.

Es war niemand aus der Gruppe im 49. Stock, auch nicht im 48. und 45. Ich stieg weiter in das Herz der Mine hinab. Ich erreichte den 25. Stock, fand aber auch dort niemanden. Die Häftlinge arbeiteten wie in jeder anderen Nacht. Ich setzte meinen Abstieg fort und hielt ständig Ausschau nach dem Rikturianer, aber es gab keine Spur von ihm.

Ich suchte mit gebrochenem Herzen nach den anderen. Erst im 10. Stock entdeckte ich Philip, der sich neben den Anthropoiden zwei Asbestrollen unter den Arm geklemmt hatte, und war beruhigt, dass ich nicht ganz allein war. Als er sich dem Aufzug näherte, hinter dem ich mich versteckt hatte, zischte ich und ahmte das Geräusch von Tausendfüßlern nach. Das war das Passwort. Sein muskulöser Rücken drehte sich.

„Folge mir und mach dich an die Arbeit!", befahl Philip. „Oben ist etwas passiert und wir haben unter uns neu rekrutierte Informanten. Es wurde ein Alarm der Stufe 3 ausgelöst. Die Laser sind lila."

„Pawel ist tot, der Rikturianer hat ihn getötet. Er ist irgendwo da oben, aber ich weiß nicht, was er vorhat", seufzte ich.

„Was auch immer er tut, der hirnlose Alien, ist nicht von Bedeutung, denn der Aufseher wird sich um ihn kümmern.

Das Gefängnissystem wird kaum zulassen, dass jemand die Ordnung stört. Wenn du nicht arbeitest, gehst du zur Presse, von dort wirst du in den Schleim geworfen und wirst zum Futter. Tut mir leid für Pawel. Wir haben einen ausgezeichneten Führer und Freund verloren."

„Wir müssen es den anderen sagen!"

„Wir werden uns nach der Arbeitsnacht treffen, um die Situation zu besprechen", sagte Philip.

„Die aus dem Ruder läuft", fügte ich hinzu. „Ich will nicht die schweren Rollen schleppen, während die anderen in Unwissenheit sind. Ich gehe runter und suche sie."

„Pass auf, wenn dich jemand in den Fahrstühlen sieht, bezahlst du mit deinem Leben!"

„Was sind wir hier? Bioroboter, die Nacht für Nacht die gleichen Bewegungen machen, ohne Sinn, ohne Träume und Hoffnungen. Laufende Leichen, ausgediente Invaliden!"

„Genug! Es reicht, Jean! Gehe schon! Gib den Emotionen nicht nach! Beherrsche dich und sei still und leise!"

Ich sah Philip mit getrübtem Blick an, sah sein scharfes Kinn, sein ruhiges Gesicht, und meine Wut beruhigte sich. Ich nickte ihm stumm zu und betrat unbemerkt von den anderen den Aufzug. Ich stieg in den 9., 8. und 7. Stock hinab, fand aber keinen vom Team. Mein Abstieg ging weiter nach unten und es blieb mir noch, den Boden des Tagebaus zu überprüfen, wo das Asbest herkam und wo die Rollen produziert wurden.

Der letzte Aufzug bewegte sich kaum, so dass ich die Baustelle und den Rest der Gruppe bis ins kleinste Detail inspizieren konnte, die um einen großen Container auf Rädern wuselte, dessen Innenseite mit Spikes gespickt war. Mit einem fröhlichen Ausruf signalisierte ich ihnen, dass ich zu ihnen herunterkommen würde. Keiner der sechs schenkte mir Beachtung. Als ich mich ihnen näherte, drehte sich Joan zu mir um und warnte mich, nicht näherzukommen.

„Hey, Junge, riechst du nicht den stechenden Geruch von verwesten Leichen?"

„Ja, es stinkt fürchterlich!", log ich ihn an, weil die Ellipse in meiner Jacke meinen Geruchssinn abgestumpft hatte. „Was ist hier passiert?"

„Der Aufseher ist tot und von seinem Parasiten fehlt jede Spur! Wir dachten, du und Philip wüssten etwas mehr darüber!", runzelte Joan die Augenbrauen.

„Pawel ist tot. Der Rikturianer hat ihm den Hals abgebissen", antwortete ich. „Dein Plan hat nicht funktioniert und alles geriet außer Kontrolle. Philip ist im 10. Stock und arbeitet mit den anderen Gefangenen, weil ein Alarm dritten Grades ausgerufen wurde."

„Dritten Grades!!!", staunte Andrey. „Wir müssen schnell an die Oberfläche und zum Lift, der die Asbestrollen zu den Containern bringt! Und zwar bald, bevor sich das ALS (automatisches Liquidationssystem) einschaltet!"

„Andrey, wofür ist dieser Asbest?", wechselte ich das Thema unangemessen.

„Hast du es noch nicht verstanden? Die Rollen werden geschnitten und aus den fertigen Stücken die wertvollen Schachteln zusammengestellt. Drinnen lagern sie die Hardware, die von der Rechenleistung der Gefangenen aufgeladen wird."

„Genug von Eurem Geplapper, das Schiff wird nicht abheben, bevor es die festgelegte Norm geladen hat", rief Peter. „Wir werden verfolgt und vernichtet werden, sogar an Bord!"

„Ich habe eine Idee!", ermutigte Matey uns alle. „Wir halten uns an den Fluchtplan, aber auf jeder Etage bleibt einer von uns und verstellt ein paar Markierungen. Auf diese Weise erkennt der Kontrolllaserturm Messfehler, sendet die Informationen direkt an die Schiffsmotoren und lässt diese spontan starten!"

„Mit anderen Worten", rief Jakow, „wir werden den Turm anlügen, sodass der Tagebau instabil wird und anfängt einzustürzen. Dann kann das Schiff auch bei unzureichender Ladung auf jeden Fall abheben."

„Die Frage ist, ob wir die Zeit haben werden", ergriff Simon das Wort.

„Jeder von uns, der den Standort der Markierungen geändert hat, wird sieben Stockwerke nach oben gehen, damit wir uns nicht in die Quere kommen und Zeit verlieren", schlug Joan vor. „Und wir werden Philip auf dem Weg abholen."

„Dann lasst uns handeln!", rief Andrew ungeduldig. „Wir warten oben im Aufzug!"

„Und vergiss die Vorräte nicht!", fügte Jakow hinzu, blickte dann auf und zog mich mit aller Kraft zu sich heran.

Einen Moment später landete ein toter Außerirdischer zu meinen Füßen. Ein paar Meter von der Gruppe entfernt stürzte ein anderer. Dann noch einer und noch einer. Leichen regneten von den oberen Stockwerken herab. Die Sicherheitsdrohnen waren sofort im Feuermodus.

„Schnell zu den Aufzügen!", befahl Joan. „Das ALS funktioniert bereits!"

Wir liefen ohne weitere Aufforderung. Der Boden unter unseren Füßen bebte von den fallenden Toten und die Luft war dick von Laserfeuer.

Ich konnte das schnelle Atmen der flüchtenden Männer und das Klappern ihrer schnellen Schritte hören, aber das angenehmste Geräusch war das monotone Brummen des ankommenden Aufzugs. Wir pferchten uns alle hinein und auf die Gefahr hin, ein leichtes Ziel für die Drohnen zu werden, fuhren wir nach oben.

„Jean, in welchem Stockwerk hast du Philipp gelassen?", fragte Peter.

„Im 10.", antwortete ich lakonisch. „Ich hole ihn ab."

„Stell nur sicher, dass er nicht tot ist!", kränkte mich Simon.

„Wenn ich ihn tot finde, rufe ich dich zur Beatmung", stand ich ihm nicht nach.

Die anderen lachten stumpf und einer nach dem anderen begann, die Etagen hinabzusteigen. Sie legten sich auf den Boden, wälzten sich herum, versteckten sich hinter irgendwelchen aufgeblasenen Aliens und schoben die roten Rips, die kleinen Solarlampen ähnelten und die die den Hofweg beleuchten.

Zum Glück war Philip am Leben. Ich bemerkte ihn versteckt in einem der Tunnel der Tausendfüßler. Ich gab ihm meine Hand und zog ihn heraus und wir schafften es, uns mit einer großen Leiche zu bedecken. Dort, unter den Laserpfeilen der rücksichtslosen Drohnen, erzählte ich ihm von dem neuen Plan.

Er war begeistert und wartete nicht einmal darauf, dass das Geschützfeuer nachließ, sondern zog sprunghaft laufend und kriechend Dutzende Repeller heraus und steckte sie an zufälligen Stellen am Rand des Bordes ein. Das war genug, und ich gab ihm ein Zeichen, sieben Stockwerke höher zu gehen, entsprechend dem neuen Plan, den wir vereinbart hatten. Der Aufzug summte und als er aufhörte, unterschied sich das Bild unten nicht von dem hier. Natürlich mit ein paar Ausnahmen. Die größere Anzahl von Leichen entsprach der Zusammensetzung der feuernden Drohnen, die den qualvollen Verwundeten den Garaus machten.

Ich wartete, bevor ich mich in das Gemetzel stürzte. Diesmal würde Philip auf mich warten, versteckt hinter einer Zacke, die durch das ständige Herumwühlen der Tausendfüßler gebildet wurde. Das Feuern der Drohnen hatte fast aufgehört.

Ich warf mich auf den Bauch und kroch, bis ich den ersten Repeller erreichte. Ich zog ihn leicht heraus und ging weiter. Das Gleiche tat ich mit den anderen und auf dem Rückweg steckte ich sie mit einer Abweichung von zwei Metern wieder in den Boden. Ich schaute mich vorsichtig nach den Sicherheitsdrohnen um, die wie wütende Wespen herumflatterten. Sie warfen etliche Laserstrahlen ab, die sich in der Mitte des Tagebaus sammelten und sich in vertikalen Reihen aufgereiht auf den elastischen Schleim richteten. Ich hatte gehofft, dass dieser taktische Schritt uns Zeit verschaffen würde, die Repeller in allen fünfzig Stockwerken zu versetzen.

Dic Schießerei hörte schließlich auf, als die Sirene aus dem Kontrollturm ertönte. Ihre harmlosen violetten Laser tasteten die ängstlich verschobenen Repeller ab, schossen auf ihre alten Stellen und steuerten auf die nächsten zu. Ich brauchte niemanden, der mir sagte, was ich tun sollte. Der Plan war erfolgreich. Die Auswirkung der Koordinatenveränderung war in den ersten fünfzehn Stockwerken sichtbar.

„Lass uns hier abhauen, Philip!", befahl ich ihm.

Er nickte und folgte mir schweigend. Wir haben niemanden aus unserer Gruppe im Aufzug gesehen.

„Anscheinend haben sie auch ihre Tätigkeit eingestellt und alle rennen zum Aufzug!", vermutete er.

„Hoffentlich warten sie auf uns!", seufzte ich.

„Oh, daran zweifle ich überhaupt nicht!" verteidigte sich Philip. „Der Tod von Pawel wird sie nicht aus der militärischen Disziplin bringen."

Ich verstummte und kam mir dumm vor. Ich kannte diese Männer nicht gut, ich wusste nicht, wie oft sie in schwierigen Momenten zusammen waren, deshalb musste ich den Mund halten. In der kurzen Zeit, die mir zum Nachdenken blieb, spürte ich auch diesen Zusammenhalt im Team, und abgesehen von den Umständen nährte er meine Hoffnung. Ich verdankte diesen Männern mein Leben und meine Geschichte, die ich bei erster Gelegenheit erzählen würde.

Dafür brauchte ich Zeit und Ruhe.

„Schau mal nach unten, Jean!", deutete Philippe mit seiner Hand und lenkte meinen nachdenklichen Blick auf den Grund des Tagebaus.

Absolut alle Drohnen feuerten auf den Schleim, der bereits seine Viskosität änderte und wenn er vorher der Struktur einer schleimigen Flüssigkeit ähnelte, verblasste er jetzt in den befeuerten Bereichen sichtbar.

„Was machen sie, Philip?", fragte ich unbeherrscht.

„Keine Ahnung, Jakow wird es wahrscheinlich am besten wissen. Ich vermute, es hat mit der Zerstörung des Lebens im Allgemeinen zu tun."

„Du sagst die Wahrheit, Kumpel!", rief Jakow vom Rand über unseren Köpfen. „Die Drohnen denaturieren die Proteinstruktur des Schleims. Der Vorgang ist nicht umkehrbar."

„Konntest du es Jean nicht einfacher erklären? Wir haben nicht alle einen Doktortitel in Biologie!"

„Ich glaube nicht, dass man einen braucht, um ein paar Hühnereier zu braten. In diesem Fall nehmt den Schleim aber als eine Ansammlung von Millionen Eiern an", erklärte Jakow.

„Was macht ihr im 45. Stock?", fragte ich. „Solltest du nicht schon im Aufzug sein?"

„Der Aufzug ist kaputt! Er ist verschüttet, und es sind viele Leute darunter eingepfercht. Komm schon, komm schon, wir haben keine Zeit!"

Philip und ich stiegen sicher hinauf und mit vereinten Kräften räumten wir die toten Aliens aus dem Weg, die mit ihren Körpern die Gegengewichte und den Elektromotor eindeckten. Andrey drückte den Startknopf und wurde mit Jubel empfangen, als sich die Plattform vom Boden löste und in die nächste Etage fuhr. Zu unserem Glück gab es keine Schäden und so machten wir uns ungestört und sichtlich erfrischt auf den Weg nach oben.

Niemand redete; bis zu diesem Zeitpunkt war jeder Plan, ob groß oder klein, gescheitert und dieser war rücksichtslos dreist. Die böse Überraschung kam auf der vorletzten Etage des Tagebaus.

Die Tausendfüßler! Sie waren aus ihren Löchern gekrochen und fraßen die toten Anthropoiden.

„Damit hatten wir nicht gerechnet!", flüsterte Philip.

„Sie werden uns nicht bedrohen, wenn wir unbemerkt vorbeigehen", rief Simon. „Stellt euch in einer Kolonne auf, einer nach dem anderen, und haltet euch unterhalb der Höhe der Leichen. Der Anführer markiert eine Route, die den Tausendfüßlern ausweicht, und der Letzte beobachtet ihre Bewegungen."

„Und die anderen werden dir sagen, dass du so viel laufen sollst, wie deine Beine halten, denn die Drohnen, die sich unten gesammelt und den Schleim gebrannt haben, fliegen jetzt nach oben", murmelte Joan, als ob es ihn nicht interessierte.

Wir eilten zum letzten Aufzug, trotz der Gefahr der räuberischen Vielbeinern.

Dieses unüberlegte, impulsive Handeln kostete Simon und Matey das Leben. Der Schütze starb zuerst, er rutschte auf einem runden Stein aus, der mit grünlichem Alienblut bespritzt war. Er landete in der Nähe der Kiefer eines älteren Exemplars, das nicht zögerte und ihn entzweiriss. Simon wurde von zwei hungrigen Tausendfüßlern gejagt und zog es vor, in den Tagebau zu springen, anstatt ihre Beute zu werden. Die anderen – Joan, Peter, Jakow, Andrey, Philip und ich – schafften es, auf die Plattform zu steigen, während die Drohnen zu dieser Zeit bereits in Wellen aus dem Tagebau kamen und auf alles feuerten. Vom Aufzug, wo die Asbestrollen verladen wurden, waren wir nicht mehr als hundert Meter entfernt. Es gab keine Verstecke auf dem Weg – wenn die Drohnen uns also einholen würden, würden sie uns den Garaus machten. Wir sprinteten die Strecke, sprangen in den nächstgelegenen Wagen, lösten den Verriegelungshebel und er raste los in Richtung der Dünen, die die lange Reihe von Zellen mit Weltraumstaub zugeschüttet hatten. Hinter ihnen leuchtete das Frachtschiff wie eine schwarze Perle inmitten einer Wüste aus rötlichem Sand. Wenn man die Kontur von den Details trennen konnte, hatte es die Form eines schwimmenden Pinguins. Es strahlte kein Licht aus, sondern reflektierte es.

„Siehst du den entzwei geteilten Rumpf im hinteren Teil?“, fragte Andrey. „Von dort werden die Container mit dem unbemannten Stapler verladen. Von dort werden wir einsteigen.“

Unsere fluchtbegierigen Augen musterten das Schiff, wir stellten uns vor, wie es von diesem ungastlichen Planeten abhebt, so wie sich unser Wagen, der an einem Stahlseil hing, vom oberen Rand des Tagebaus entfernte. Leider war unsere Freude nur von kurzer Dauer. Hunderte von Drohnen flogen aus den oberen Stockwerken des Tagebaus hinaus und steuerten auf den Kontrollturm zu, wo sie normalerweise standen und auf neue Befehle der ALS warteten. Aber einer von ihnen wich aus und beeilte sich, uns einzuholen.

Wir legten uns in der Hoffnung nieder, dass seine Radare uns nicht entdecken würden, aber diese komische Aktion von uns konnte ihn nicht täuschen. Ein einzelner Laserstrahl durchschnitt das Seil des Aufzugs und der Wagen, in dem wir uns befanden, flog mit schrecklicher Wucht auf die Zellen zu. Unten schlug er schräg auf eine Sanddüne auf, überschlug sich mehrmals und blieb an dem massiven Felspfeiler stehen, an dem das Ende des Drahtseils befestigt war. Dann hörte alles auf. Mein Kopf dröhnte von dem schweren Aufprall. Aber ich war am Leben. Andrey und Philip auch. Zum Glück sind wir nicht aus dem Wagen geflogen, im Gegensatz zu den anderen. Ihre Körper waren auf den nadelscharfen Steinstrukturen aufgespießt, die die Basis des Pfeilers wie eine alte Wikingerpalisade umgürteten.

Mit geprellten Rippen, Abschürfungen und Wunden krochen wir heraus und hinkten mit letzter Kraft auf das Schiff zu. Von der Drohne gab es keine Spur.

„Wir können ihnen nicht helfen", schluchzte Philip zu den Kameraden zurückblickend.

„Aber sie können uns immer noch helfen", sagte Andrey, kehrte zu ihnen zurück und sammelte ihre Essensvorräte in einem schlecht genähten Lumpensack ein.

„Verzeiht mir!", sagte er, stand auf und folgte uns.

Die Schiffmaße waren beeindruckend. Seine Länge betrug etwa zehn aufeinanderfolgende Boeing 757-Passagierflugzeuge. Seine Form bestand aus einer zarten Ellipse, die durch eine dünne graue Schicht, die einem Halbmond ähnelte, mit einer Halbkugel verbunden ist. Ich konnte weder das Material identifizieren, aus dem es hergestellt war, noch konnte ich es mit etwas Ähnlichem vergleichen.

Ich berührte seine glatte schwarze Oberfläche und war überrascht – ich hatte noch nie etwas so gut Poliertes angefasst. Meine Handfläche konnte sich nicht festhalten und rutschte immer wieder in verschiedene Richtungen.

„Hier entlang, Freunde!", zeigte Andrey unfehlbar auf die Rückseite des Rumpfes. „Es ist noch offen!"

Und er hatte recht. Der unbemannte Gabelstapler, der die Container mit den kostbaren Kisten anlieferte, hatte den roten Feinstaub mit frischen Spuren zerfurcht. Vorsichtig folgten wir ihnen in den Frachtraum. Die Rampe beleuchtete unseren Weg automatisch mit einem sanften blauen Licht. Jetzt gab es kein Zurück mehr. Vor uns entfaltete sich ein titanisches Bild.

Gestapelte Container bildeten scheinbar endlose Reihen. Lange Kabel schlängelten sich an der Decke entlang, deren Ende sich irgendwo nach oben verlor und wie die „Dicke Bertha"⁴ aussah.

„Er hat lange gewartet, bis er mit Informationen gefüllt war", Philip sprach wie zu sich selbst.

„Hätte ich nur mindestens ein Drittel davon in meinem Gehirn!" seufzte Andrey.

„Jetzt besitzen wir alles! Nur für einen bestimmten Zeitraum, aber es gehört uns!", begeisterte ich mich.

Andrey runzelte die Stirn:

„Ja, das ist eine unbestreitbare Tatsache, aber ich kann mir nicht vorstellen, wie wir es uns zunutze machen können."

„Es ist, als würde man mit gefesselten Händen Eis in einem Glaswürfel bekommen!", lachte Philip.

„Im Gegenteil, es ist noch komplizierter. Stell dir vor, dass der Glaswürfel aus Metall ist, aber du weißt, dass sich im Inneren Eis befindet", sagte Andrey.

„Ja, und am Ende der hypothetischen Aufgabe stellt sich heraus, dass deine Zunge herausgefallen ist!", lachte ich.

„Spürt ihr nicht irgendeine Vibration in den Knien?", wechselte Philip abrupt das Thema.

Wir blieben stehen, standen wie unter militärischem Kommando und spürten ganz deutlich die Vibration des Bodens, auf dem wir liefen. Wir sahen uns verwirrt an und hörten ein dumpfes Geräusch, das sich zu einem unaufhörlichen Brummen steigerte, als würden Millionen von Grillen zirpen, aber in höheren Tönen. Eine dicke, blaue, leuchtende Flüssigkeit überflutete den Boden

---

4 (Anm. d. Verf.) Eine deutsche Kanone aus dem Ersten Weltkrieg.

und bedeckte unsere Füße. Wir eilten vorwärts, aber das Gehen fiel uns schwer, weil die Flüssigkeit zunahm und klebrig war.

Ihr Niveau erreichte unsere Knöchel und stieg weiter an.

„Schneller! Dort drüben ist der Eingang zum Kommandoraum!", zeigte uns Andrey mit der Hand die Richtung.

Und tatsächlich, nach einem Dutzend schwieriger Schritte sahen wir eine nicht große runde Tür, deren Umriss in einem einladenden rosa-weißen Licht erstrahlte. Der Weg dorthin verengte sich und stieg an, so dass die klebrige blaue Flüssigkeit ihn immer noch nicht erreichte. Wir erreichten sie mit Leichtigkeit. Andrey strich mit seiner Handfläche über die hellste und rundeste Stelle und sie öffnete sich. Wir gingen hinter ihm her und das laute Brummen wurde stärker ebenso wie das Plätschern der Flüssigkeit, die uns überflutet hätte, wenn wir im Frachtraum geblieben wären.

„Welche Funktion hat denn dieser klebrige Dreck?", fragte ich Andrey, der sich neben der IT-Technologie auch mit Flugzeugstrukturen, Automatisierung, optoelektronischer Lasertechnologie und einigen anderen Bereichen auskannte, wie Matey, Friede seiner Asche, ihn uns vorgestellt hatte.

„Sie dient wahrscheinlich zur Positionierung der Container. Das Schiff hebt ab und niemand möchte, dass die Fracht beschädigt wird."

„Und in unserem Land binden wir alles, von unseren Schnürsenkeln bis zu den Möbeln, die wir mit LKW transportieren", sagte Philip entschieden und fuhr fort: „Und was nun? Wir sind aus rutschigem Schleim in eine klebrige Flüssigkeit gesprungen und jetzt ist der Kommandoraum sicher voll von Alienscheiße!"

„Während du Unsinn redest, bekomme ich Hunger!", erwiderte Andrey, band den Lumpenbeutel auf und biss in eins der Stücke, die der Zellenmeister verteilte. „Will jemand ein bisschen?"

„Ich verschiebe es auf später", machte Philip ein säuerliches Gesicht.

„Jean? Übrigens, ich habe dich noch nie essen sehen", sagte Andrey mit vollem Mund und kaute weiter.

„Ich denke, jetzt ist es Zeit, euch das zu zeigen“, erwiderte ich und zog die Ellipse in der Größe einer Kinderfaust aus der Innentasche meiner Jacke. Sie leuchtete ganz scharlachrot und meine beiden Partner blieben sprachlos vor Überraschung.

„Was zum Teufel ist das?“, hob Philip die Augenbrauen.

„Damit beginnt meine Geschichte darüber, wie ich zu dir gekommen bin, und über alles, was bisher mit uns passiert ist. Ich setze mich mal kurz hin und erzähle sie euch.“

Andrey sah sich um. Wir befanden uns in einem halbrunden Korridor mit flachen Wänden, als wären sie mit integrierten Schaltkreisen bemalt. Ein weißes Licht lief entlang ihrer Wege, erlosch dann und machte einem neuen Platz. Wir machten es uns zwischen zwei Wänden bequem und setzten uns mit überschlagenen Beinen.

Das Brummen des Motors wurde lauter, aber niemand schenkte ihm Beachtung. Andrey und Philipp hatten ihre Augen wie hypnotisiert auf die Ellipse gerichtet und nahmen jedes meiner Worte aufmerksam auf, ihre Gesichter spiegelten das geheimnisvolle Licht des Gerätes wider.

Lange Zeit unterbrach mich niemand oder stellte mir eine Frage. Ich erwartete, dass einer von den beiden sagen würde: „Wenn ich dort gewesen wäre, hätte ich es anders gehandelt.“ oder: „Warum so und nicht anders?“, aber ich hörte keine dieser unsinnigen Phrasen. Mein langer Monolog zog sich so lange hin, dass meine Zuhörer anfingen zu gähnen. Sie waren müde.

„Wir brauchen Schlaf, Jean, dann sehen wir weiter“, sagte Andrey, seinen Kopf zur Seite geneigt, als hätte er eine Flasche Alkohol geleert.

„Ich werde auch ein Nickerchen machen, aber mit leerem Magen geht das nicht“, bemerkte Philip. Er griff in den Beutel mit den Vorräten, schnappte sich ein Stück, wickelte die Alufolie aus und biss gierig hinein. Er aß es schnell, rülpste, legte sich auf die Seite und schnarchte heldenhaft.

Ich war nicht hungrig oder durstig, ich war nicht müde. Die Schutzschicht der Ellipse schützte meinen Körper und unterdrückte alle physiologischen Bedürfnisse, aber nicht meine Gefühle.

Was machte meine eingefrorene Eva? War sie tot, nachdem sie so lange gewartet hatte, trotz der Fürsorge des Beschützers? Wie würde ich ein Heilmittel für ihre Krankheit finden? Und überhaupt, könnte ich jemals zur Erde zurückkehren? Die Fragen kamen eine nach der anderen, aber nur der natürliche Lauf der Dinge konnte mir Antworten geben.

Also stand ich vor meinen schlafenden Begleitern auf und ging zur Tür am Ende des halbrunden Tunnels.

Das Brummen des Motors war kaum zu hören, wahrscheinlich wegen der klebrigen Flüssigkeit im Frachtraum oder wegen der reduzierten Leistung. Die Tür leuchtete in grünlich-blauen Tönen, fast wie Inki-Nankas Schiff. Aber hier gab es zwei hell leuchtende Kreise, die sich links und rechts davon befanden. Sie leuchteten abwechselnd auf und erloschen, aber wenn es jemand eilig hatte, einzutreten, würde er nicht darauf achten, denn ihr Licht verschmolz mit dem des Türumrisses. So würde der Reisende nur den Kreis aktivieren, der leuchtete, und den anderen ignorieren. Ich nahm an, dass die Tür zu zwei verschiedenen Korridoren führte. Vielleicht hatte Simon es versäumt, den einen zu überprüfen, und wenn ich recht hatte, dann war die Information, die er uns gegeben hatte, ungenau.

Ich machte mich an die Überprüfung, betätigte den linken Kreis und die Tür öffnete sich. Der Weg war in leuchtenden, augenfreundlichen Farbtönen erhellt und führte zu einer riesigen Halle, in deren Mitte sich ein massiver Monolith erhob, ein sehr grober und ungeformter Felsblock. Ich war verwirrt, weil ich erwartet hatte, so etwas wie ein Bedienpult mit bunten Knöpfen, Griffen, einem Lenkrad, einem Ruder oder ähnlichem zu sehen.

Stattdessen war dort ein Stück Fels in den Boden gerammt. Seine Spitze reichte bis zur Kuppel der Halle, wo sich viele Bögen gebildet hatten. Entlang der Kante war jeweils ein verdrilltes Kabel befestigt, das in den Felsblock sank. Die Kabel waren identisch mit denen, die an den Containern im Frachtraum befestigt waren.

Es war offensichtlich, dass dieser Ort wichtig war, aber er sah keineswegs wie eine Kommandozentrale aus, wie Simon angenommen hatte. Ich würde später mehr über diesen seltsamen Ort erfahren.

Ich ging zurück zur Tür und aktivierte den rechten Lichtkreis. Sie öffnete sich in die entgegengesetzte Richtung und enthüllte einen völlig anderen Korridor vor meinen Augen. Seine Lichter waren gelb-orange und an den Wänden erschienen unbekannte Symbole, die im gleichen Rhythmus pulsierten. Der Weg führte mich in eine kleine Halle, ziemlich dunkel, mit einem kalten, hier und da flackernden Licht, das für einen genauen Blick ausreichte. In die Wände eingelassen und in einer Reihe angeordnet lagen neun Hibernationskammern, aus deren durchsichtigen Deckeln sich ein dichter weißer Nebel ausbreitete. Wenn hier irgendetwas aufgewacht war, hatte es diesen Ort bereits verlassen, und alles, was ich tun konnte, war, zurückzugehen und meine Freunde zu wecken. Mir wurde noch etwas anderes klar. In diesem Raum war sicherlich ein geheimer Eingang zu einem anderen Ort versteckt. Ich drehte mich um und rannte, so schnell meine Beine mich trugen, schloss die Tür hinter mir, ging durch den von integrierten Schaltkreisen durchzogenen Korridor, aber von Philip und Andrey gab es keine Spur.

Welche Leere ich in meiner Seele fühlte, als ich die Abwesenheit meiner Gefährten entdeckte, werde ich nicht beschreiben. Ich wurde ohnmächtig und verlor mein Gleichgewicht. Ich fiel dorthin, wo meine müden Begleiter hätten schlafen sollen, und schlug mit dem Kopf auf eine der integralen Wände. Sie sank sanft nach innen und ein tiefes Loch tat sich auf, das mich verschlang.

Mein Körper glitt eine glatte Rinne hinunter, die mich in einen geräumigen weißen Raum schleuderte. Er hatte die Form einer Kugel und Tausende von Monitoren, nicht größer als eine menschliche Handfläche, waren vom Boden bis zu meiner Brusthöhe aufgereiht. So weit ich sie sehen konnte, strahlte jeder von ihnen das Hintergrundrauschen des Universums aus und Milliarden von Sternen leuchteten über ihnen. Sie bewegten sich mit hoher Geschwindigkeit, zeichneten regelmäßige Bögen um den unsichtbaren Schutzschild des Schiffes, das immer schneller durch den interstellaren Raum flog.

Neun gleichartige Wesen starrten auf die Bildschirme und tauschten kurze, klangvolle Melodien aus. Keines von ihnen bemerkte meine Anwesenheit, so sehr waren sie in ihre Arbeit vertieft. Der Grundriss der Halle erlaubte es mir, mich hinter den Γ-förmigen Säulen zu verstecken, und es gelang mir sogar, den Fremden sehr nahe zu kommen. Ich hatte nicht einmal auf dem Gefängnisplaneten ekelhaftere Kreaturen gesehen. Ihre länglichen Köpfe verbreiterten sich am Ende ihrer Scheitel und klammerten sich mit hohen knochigen Schultern an ihre missgestalteten alten Körper.

Ihre Gesichter, wenn man sie überhaupt als Gesichter bezeichnen kann, wiesen keine natürliche Symmetrie auf Sie besaßen vier lidlose schwarze Augen, die über sechs dünnen Saugnäpfen saßen, die in zwei Dreierkolonnen gruppiert waren. Ihre langen knochigen Arme berührten den Boden, während sie vor den Monitoren hin und her schwankten. Aber dieses Schwanken gab mir überhaupt nicht das Recht, sie zu unterschätzen, besonders nachdem ich gesehen hatte, wie geschickt sie mit ihren langen, knotigen Fingern mit scharfen Krallen hantierten.

Ich nannte sie in meiner Vorstellung Quasimodos[5], ein passender Name für solch schreckliche Wesen. Sie tippten mit den Fingern auf die Monitore, die ihrerseits aus ihren Nestern kamen und mit einem Schubs wieder zurückgingen. Eines von ihnen wandte sich an das Älteste und sang ihm ein melodisches Lied. Es begann mit hohen Tönen und endete mit tiefen. Ich hörte es ganz deutlich und verstand sogar, was es bedeutete: „Alle Frequenzen sind auf eine abgestimmt!"

Der Erwachsene hob beide Hände und stimmte eine längere Melodie an. Es begann mit tiefen und abwechselnden mittleren Tönen und endete mit hohen und lautete wie folgt:

---

5 (Anm. d. Verf.) Quasimodo – die Hauptfigur aus Victor Hugos Roman „Der Glöckner von Notre-Dame".

„Ausgezeichnete Arbeit, bereitet das Schiff mit den neuen Koordinaten für die Landung vor. Der Chef wird auf dem Planeten r-s-x-0 auf uns warten."

Bislang war diese Information für mich nicht wichtig. Ich war berauscht von der Tatsache, dass ich sie verstand. Aber wie passierte das? Ich erinnerte mich an den ersten Tag in meiner Zelle, als der Wärter mir das Aluminiumstück zuwarf und das Wort „Essen" aussprach, aber nicht in meiner Sprache, sondern in seiner. Ich hatte mich getäuscht, dass er meine von irgendwoher gelernt hatte, aber es war nicht so. Ich ging zurück in meine Erinnerungen und die Worte des Beschützers, der auf die Ellipse zeigte, kamen mir deutlich in den Sinn:

„Das Einzige, was du brauchst" und „der universelle Kommunikator".

Sie brachte auch diesen unerwarteten Komfort – ich konnte die Sprachen aller fremden Wesen perfekt verstehen. Ich hatte keine Zeit, auf ihre Eigenschaften näher einzugehen, denn die Quasimodos sangen weiter melodiös.

„Sollten wir uns nicht mit der Zentrale verbinden und die Daten dorthin übergeben? Wie angewiesen?", fragte der Schwächlichste von ihnen mit einem scharfen Wechsel von tiefen und hohen Tönen, begleitet von wohlklingenden Akkorden.

„Nein! Der Entwickler wird sie persönlich vom Informationsraum herunterladen", antwortete der Älteste in sehr tiefem Ton. „Die Zentrale wartet bereits in der Umlaufbahn von r- s-x-0 und der Chef wird auf dem Planeten landen."

Tief in meinem Gedächtnis hatte sich ein eben gesprochenes Wort eingeprägt, das wie ein Leitstern aufstieg. Die Anweisung des Beschützers war, den Entwickler zu suchen, vielleicht sollte ich von ihm lernen, wie ich meine Geliebte heilen kann. Na, dann hatte Inki-Nanka keinen Fehler mit den Koordinaten gemacht, die in die Ellipse einprogrammiert waren. Der Rückenwind hatte mich die ganze Zeit über begleitet. Atemlos, das Gehör geschärft, nahm ich jeden melodischen Gesang der Quasimodos auf.

„Hat er es geschafft, die vierte Galaxie zu vereinigen?", fragte einer von ihnen in mittleren Tönen und Pausen.

„Er konnte nicht, etwas kam ihm in die Quere und jetzt ist er wütend! Genau wie ich!", knurrte der Älteste in chaotischem Ton, so dass alle anderen in die Hocke gingen und ihre überproportional großen Köpfe mit den knochigen Armen umschlangen. Es scheint, dass die Unordnung in der Musik sie so schmerzhaft quälte, dass sie sich nicht einmal aufrecht halten konnten.

Der Alte murmelte noch etwas, aber die Ellipse konnte es mir nicht übersetzen, vielleicht weil es eine Art Schimpfwort von ihnen war. Er drehte ihnen den Rücken zu und sang, dieses Mal melodisch:

„Ich gehe essen und wenn ich fertig bin, soll der nächste in der Rangordnung kommen! Vier von euch bleiben an den Monitoren und bringen das Schiff zur Landung und der Rest von euch geht in den Informationsraum und bereitet die Quelle vor!"

Die Befehle wurden bedingungslos befolgt, der alte Quasimodo schleppte sich von dannen und half sich mit den Händen. Es ging dicht an der Säule vorbei, hinter der ich mich versteckte, und drückte auf einen kaum sichtbaren sechseckigen Mechanismus, woraufhin sich ein kreisrunder Eingang in der mit Zeichen inkrustierten Wand öffnete. Ich folgte ihm, ohne groß darüber nachzudenken.

Ich zählte drei Sekunden und ging durch den Gang, der sich hinter mir automatisch schloss wie das Objektiv einer alten Kamera. Was ich drinnen sah, überstieg meine schlimmsten Albträume… In einem riesigen transparenten Zylinder, der sich in der Mitte einer geräumigen Halle mit einer viel höheren Kuppel als die vorherige befand, hing Andrey. Oder was von ihm übrig war. Sein Kopf war zusammen mit der Wirbelsäule teilweise aus dem Körper gerissen worden und hing an Dutzenden von Drähten, die in einem gemeinsamen Stromkreis verbunden waren, der zu einem zweiten identischen Zylinder führte. Darin wippte auf genau die gleiche Weise Philipps verstümmelte Leiche.

Unter den beiden Zylindern leuchteten vierzackige Messer und sobald der Quasimodo sie aktivierte, drehten sie sich und erhöhten allmählich ihre Umdrehungen. Die Körper meiner Freunde wurden im Handumdrehen zu einem blutigen Brei, der im Wirbelwind der schrecklichen Zentrifuge tanzte, während ihre Köpfe ausdruckslos diesen höllischen Zirkus des Todes beobachteten.

Meine armen Freunde! Meine lieben Brüder! Sie sind gegangen! Oh Gott, wenn du da bist, erbarme dich ihrer Seelen und nimm sie in den Himmel auf! Bitte, Gott!

Heiße Tränen verbrühten mein Gesicht. Die Trauer war so groß, dass mir schwarz vor Augen wurde und ich laut auf dem Boden zusammenbrach. Der Quasimodo sah mich und latschte auf mich zu. Er sang sogar ein Lied vor sich hin, in dem es hieß: „Na, da ist ja noch ein saftiger Fleischhäppchen hier!“ Das hat mich von dem plötzlichen psychologischen Schock befreit. Ich sprang auf und ging von dem Angreifer weg, ohne zu wissen, wohin ich laufen sollte. Ich fand mich hinter Philips „Glaskolben“ wieder, wo zahlreiche Kabel hingen, die an unbekannten Metallmechanismen befestigt waren, die stark genug waren, um sie zu erklimmen. Höher oben schienen zwei Metallringe das Gewicht meines Körpers zu vertragen. In der Zwischenzeit hatte sich Quasimodo unter mir eingeschlichen und beobachtete mich mit begierigen Augen.

Ich warf ihm einen flüchtigen Blick zu und als er sich fragte, was er tun sollte, hatte ich bereits den zweiten Ring erreicht. Ich schaffte es, ein Bein rüberzuwerfen, als die verfluchte Kreatur in die Hocke ging und mit Schwindel erregender Schnelligkeit sprang, sich an den Drähten festhielt und geschickt auf mich zu kletterte.

Im Moment war ich in sicherer Entfernung von ihm, dachte ich zumindest. Es streckte eine Hand nach mir aus, schoss sie buchstäblich auf mich. Sie verlängerte sich so sehr, dass ich spürte, wie sich seine scharfen Fingernägel in meinen Schultern krallten. Ich spürte keinen Schmerz, denn Quasimodo hatte nur meine Jacke durchbohrt und versuchte, mich zu sich zu ziehen. Um das zu verhindern, sprang ich auf das die beiden Zylinder verbindende Kabelgeflecht. Sie dämpften den Aufprall und einen Moment später fand ich mich auf dem Boden. Ich schaute zurück auf meine zerrissene Jacke und rannte mit aller Kraft in Richtung des Ganges, in den ich eingetreten war.

Glücklicherweise wurde er auf die gleiche Weise wie die anderen Türen des Schiffes aktiviert. Ich sauste hindurch und fand mich wieder in der Halle mit den Tausenden von Monitoren. Ich ging um ein paar Γ-förmige Säulen und kollidierte fast mit zwei Quasimodos, die überrascht knurrten und hinter mir herliefen. Mit Zickzack-Bewegungen und einigen Finten gelang es mir, sie zu täuschen und mich vor ihren Augen zu verstecken. Nach all dem Umherirren fand ich mich in einem dunklen, engen Korridor wieder, der nur von seltsamen, gelb flackernden Symbolen beleuchtet war. Ich hörte wieder das Dröhnen der Motoren wie das Tosen von Dutzenden von Wasserfällen. Es verstärkte sich so, dass ich die Vibrationen in meinen Knien spüren konnte.

Bald erreichte ich eine runde Tür, betätigte sie mit meiner Handfläche und fand mich in der Halle mit dem massiven monolithischen Block wieder. Auch dort waren vier Quasimodos, die hin und her liefen.

Vertieft in ihre Arbeit, sahen sie mich zunächst nicht, aber als meine Verfolger hinter mir auftauchten, angeführt vom Ältesten, wurde das Katz und Maus-Spiel grob. Ich konnte mich nirgendwo verstecken und war ziemlich nah an das Stück Fels in der Mitte der Halle herangekommen. Die Quasimodos hatten mich umzingelt, klapperten mit den Fingernägeln und aus ihren Saugnäpfen sickerte dünner, hungriger Schleim. Dieses Mal hatten sie es nicht eilig, ihre Arme auszuschießen. Die Motoren des Schiffs verstummten allmählich und die Kreaturen verengten den Kreis um mich herum. Ich hatte keine andere Wahl, als den Felsen selbst zu besteigen. Wenn ich schon sterben würde, dann wollte ich es meinen Feinden wenigstens schwermachen.

Ich kletterte mit aller Lebenskraft, die ich herauspressen konnte, nach oben und doch konnte ich all die kleinen Details wie in Zeitlupe sehen. Stellenweise gab es in den Fels gehauene treppenähnliche Kletterelemente, sogar Eckschienen, die mir intuitiv sagten, wo ich hintreten und wo ich mich festhalten sollte. So habe ich es geschafft, ganz nach oben zu kommen. Oben sanken die Kabel, die von der überhängenden

Kuppel herabhingen, nach unten und bildeten eine Art Sessel. Erschöpft von dem anstrengenden Lauf saß ich da und meine Augen suchten nach den krabbelnden Quasimodos, die bald bei mir sein würden. Ich war so müde, dass es mir egal war, was als Nächstes passierte. Ich betete nur, dass es schneller gehen würde. Und dann, nachdem ich alle Hoffnung auf ein Überleben verloren hatte, schwoll eine riesige Energieblase um den Sessel herum an, die sich allmählich vergrößerte, und violette Blitze senkten sich über seine Peripherie.

Die Quasimodos schreckten auf und eilten nach unten, aber es war bereits zu spät. Die Blase holte sie ein und explodierte. Einen Augenblick später steckten zwei Nadeln in meinem Nacken und brachten mich zur Ruhe. Mit trüben Augen erblickte ich die herumliegenden Überreste der Kreaturen. Die Schiffsmotoren waren nicht mehr zu hören. Lösungen von mathematischen Algorithmen kamen in mein Gehirn. Ich verfiel in einen wilden Rausch, den mein Körper nicht verkraften konnte. Es folgte ein massiver Krampfanfall. Ein grauer Schleier senkte sich über meine Augenlider und alles hörte auf.

★★

Eva saß an dem grob gezimmerten Holztisch, den Kopf über das Foto eines lächelnden kleinen Mädchens gebeugt. Sie drehte sich zu mir um:

„Ich bin noch ein kleines Kind. Ich weiß, dass dies nur vorübergehend ist, aber ich habe meine Kindheit noch nicht erlebt."

„Ich war auch einmal ein Kind, meine Liebe! Aber die Zeit hat mich verändert. Ich bin jetzt erwachsen", antwortete ich.

„Die in jedem von uns verborgenen Uhren ticken anders. Ich schaue mir deine an!", flüsterte Eva mir zu, stand auf und schlang ihre zarten Arme um meinen Kopf. „Aber du hast keine Zeit, Jean, lauf weg! Du bist in tödlicher Gefahr!"

★★

Ich wachte auf und atmete stoßweise.

Ich zitterte und eine Welle des Schmerzes lief über meine Haut. Ich kämpfte mich von dem verdrahteten Stuhl auf die Füße, erhob mich langsam, mein Kopf pochte mit einer unverständlichen Schwere, die mich zur Seite taumeln ließ. Ich rutschte eine Rinne hinunter, die vom Relief des Felsens geformt wurde, passierte die verkohlten zerstückelten Körper der Quasimodos und schlug auf den Boden. Schnell kam ich wieder zu Sinnen, stand auf und ging auf den Ausgang der Halle zu. Ich betätigte die Rundtür, durchquerte den Korridor mit den Querwänden und ging zu einer Tür hinunter, die sich gerade öffnete. Sie führte in einen Tunnel, der mit orangefarbenen Schildern versehen war, die interstellare Passagiere zu einem Notausgang leiteten.

Ich fragte mich, woher ich das wusste, da ich noch nie hier gewesen war. Vielleicht hatte Simon etwas erwähnt oder meine Erinnerungen waren trügerisch. Ich vermutete auch eine unsichtbare, ferne und doch spürbare Bedrohung. Etwas Furchterregendes, das die Zerstörung komprimierter Planeten mit sich bringen würde.

Mein Wunsch, so weit wie möglich von dem Raumfrachter wegzukommen, verwandelte sich in eine unkontrollierte Flucht, der mich bis zum Ende des Tunnels führte. Mit ein paar aufeinanderfolgenden Berührungen meiner Handfläche aktivierte ich den leuchtenden Sensor an der runden Luftschleuse und sie öffnete sich mit einem seltsamen Zischen des Mechanismus, der sie festhielt. Helles Tageslicht flackerte um mich herum und durchschnitt meine Sicht. Ich taumelte und rieb mir mit den Fäusten die Augen. Dann öffnete ich sie weit.

DER PLANET R-S-X-O

Überall spross üppiges Grün und bedeckte das bizarre Relief dieses Planeten. Riesige verzweigte Bögen umgaben das Gelände. Sie waren so hoch, dass sie in den blauen Himmel auf zu steigen schienen. Ein feiner Nebel schwebte von ihnen und nährte die üppige Pflanzenwelt. Hochebenen, Canyons, Hügel und Tiefebenen gab es zuhauf. Es gab sanft geschwungene Bergrücken, die mit den Blüten buschiger Haufen gesprenkelt waren, Miniaturgrasebenen im Kontrast zu dem dramatischen Spiel von Schatten und Lichtern, die von den Bögen geworfen wurden. Wie gigantische Totems ragten sie aus den bunten Hügeln heraus. Sie waren von braun-grünem Wuchs und endeten in Schluchten, die durch den Einfluss früherer tektonischer Aktivität geformt worden waren, um die Majestät und Kraft der Natur aufdecken.

Die Landschaft dieses malerischen Planeten erzeugte in mir ein unvorstellbares Gefühl der Gottesfurcht, das mich nie wieder verließ. Ich war auf einem kleinen Plateau gelandet, eingebettet zwischen zwei Hügeln, die durch einen niedrigen Bogen verbunden waren. Es war offensichtlich, dass er einst einer der höchsten in der Gegend gewesen war, aber wegen seines enormen Gewichts hatte er sich zu einer Seite geneigt und den anderen den Weg freigemacht hatte. Ein zweiter war aus seiner Spitze gewachsen. Sein abfallender Hang erlaubte es jedem, seinen verzweigten, grasbewachsenen Rücken zu erklimmen, um sich genauer umzusehen.

Das war es, was ich tun musste. Zögernd bahnte ich mir einen Weg zum linken Hügel und trat vorsichtig auf das dünne, zähe Gras, das mich an Meeresmikroalgen[6] erinnerte. Bald erreichte ich den Fuß, der das Plateau vom Hügel trennte. Hier

---

6 (Anm. d. Verf.) Talus-Alge.

herrschte Dämmerung, vermischt mit einem dünnen Nebel. Es kam von der Verdunstung zahlreicher flacher Tümpel, versorgt von unzähligen sprudelnden Bächen, die sich von der Anhöhe schlängelten. Meine Schritte platschten, als ich an den Tümpeln vorbeilief. Ich konnte nicht hochklettern, um trocken zu bleiben, da ich mehrmals auf dem nassen Gras ausrutschte und auf den Bauch fiel.

Als ich dieses langweilige, schattige Gelände endlich durchquert hatte, lernte ich einige der Lebensformen zum ersten Mal kennen und sie verblüfften mich völlig!

Eine riesige Schnecke kroch den Hang hinauf in Richtung der aufgehenden Sonne. Ihr Körper hatte einen ausgeprägten Kopf, der mit einem Paar schwarzer Augen ausgestattet war, und über ihnen ragten vier leuchtende Tentakel heraus. Sie bewegten sich synchron mit ihrem Krabbeln. Am schönsten war ihr Perlmutter-Schneckenhaus. Es brach die Sonnenstrahlen durch Miniaturprismen und verbreitete die Farben des Regenbogens in alle Richtungen. Ich eilte ihr nach, denn ich hatte Lust, sie zu berühren, aber sie spürte mich, blieb stehen und drehte den Kopf zu mir, setzte aber, da sie fünfmal so groß war wie ich, ihren Weg ungestört fort.

Ich gab auch die naive Idee auf und kletterte weiter den Hügel hinauf, bis ich dem Beginn des sanften Bogens sehr nahe kam. Dort stieß ich auf herrlich verheddderte Zweige, die mich zum Stolpern brachten und bremsten, aber ich fiel kein einziges Mal. Und hier, auf meiner rechten Seite, direkt unter mir, sah ich ein Wesen, das mindestens so groß wie ein dreißigstöckiges Gebäude war! Seine Beine ähnelten denen von Heuschrecken und waren gleich lang, mit dem Unterschied, dass die vorderen gestreckt waren und seinen schmalen, grazilen Körper in einer halbaufrechten Position hielten. Sein wohlgeformter, langer Hals endete in einem zum Körper symmetrischen Kopf, der keine Augen hatte und nur mit einem nagenden Mundapparat bewaffnet war. Das Wesen hatte sich an den Bogen gelehnt und graste sanftmütig das zarte Laub ab, das an den höchsten Stellen wuchs. Seine Haut war rau, mit Schattierungen von Graugrün am Oberkörper und Dunkelgrün bis Schwarz am Unterkörper. Ich nannte es Gyropod, was in meinen Augen giraffenähnliche Heuschrecke bedeuten würde, obwohl ich wusste, dass es nichts mit den Giraffen und Heuschrecken unseres Planeten zu tun hatte. Ich hatte einfach keine andere Vergleichsbasis. Ich war kein Biologe, aber ich liebte es, unbekannten außerirdischen Kreaturen Namen zu geben. So nahm ich sie wahr, ohne von ihrem Aussehen und Verhalten schockiert zu sein.

Ich beschloss, höher zu klettern, und kam an einen Ort, wo der neue Bogen wuchs. Er erreichte eine Höhe von etwa zehn Metern, die ich auch zurücklegte.

Ich hielt mich an den verhedderten Zweigen fest und warf einen studierenden Blick auf das gestreifte, skurrile Relief, das mit Bögen, Gyropoden und riesigen, anders aussehenden Schnecken übersät war. Ich konnte die Formen all der fliegenden Kreaturen nicht bestimmen, denn sie waren nur als sich bewegende Punkte in Schwärmen zu sehen. Aber von Osten her verdunkelte etwas dieses majestätische Panorama und ließ mich vor Angst erschaudern!

Feurige Wellen kamen vom Horizont, stiegen auf und verschlangen das weite Grün und die bunten Farben der Büsche. Sie zerstörten die Bögen und vertrieben die Lebewesen. Diejenigen, die von dem brennenden Element erfasst wurden, starben unter höllischen Qualen. Schwarzer Rauch trieb über den Flammen, kräuselte sich in dichten Schwaden und vermischte sich mit den Luftströmen, was dem Himmel eine bleigraue Farbe verlieh.

Plötzlich sah ich hinter den Feuerwänden die Silhouetten von ankommenden Raumschiffen. Es waren Dutzende. Sie waren ganz anders in Form und Größe als das, mit dem ich flog. Diese hatten gekerbte Flügel, landeten lautlos und folgten einer merkwürdigen Reihenfolge, was mir sagte, dass sie äußerst wendig waren. Wenige Minuten, nachdem sie auf der verbrannten Erde gelandet waren, begannen sie mit einem hellen Licht zu pulsieren, so hell, als versammelte sich eine Vielzahl von Sonnen. Ich bedeckte meine Augen mit der Hand, aber es half nicht viel. Glücklicherweise dauerte das Pulsieren nicht länger als ein paar Sekunden, aber als es endete, wurden Kugelblitze aus der Brandstätte unter den Raumschiffen wiederbelebt! Sie nahmen die Gestalt von Wölfen an und eilten zu der Stelle, an der ihr Frachtschiff gelandet war.

„Amarok!", flüsterte ich laut, die Feuerwand näherte sich unerbittlich und verbrannte alles, was ihr in den Weg kam.

Fieberhaft dachte ich über meine Überlebenschancen nach. Ich suchte nach einem Ausweg aus der drohenden Lebensgefahr und fand ihn schließlich ein paar Meter unter mir. Ich wusste nicht, wie es reagieren würde, aber ich hatte keine Zeit zu hören, also zielte ich genau, breitete meine Arme aus und sprang von der Spitze des Bogens. Mein Versuch war erfolgreich! Ich schlug der Länge nach auf den langen Hals des Gyropoden und blitzschnell umfasste ich ihn mit meinen Beinen und Armen, glitt an den Grund seines schlanken Körpers und umschlang seinen Hals. Das Tier gab einen ungewöhnlichen Schrei von sich, zuckte zurück und sprang auf, da es das nahende Feuer spürte. Es trieb mit sanften Sprüngen nach Westen, wo die Bögen seltener wurden, da der Boden trockener war und von tiefen Schluchten und Canyons durchschnitten wurde.

Doch diese konnten unsere Flucht nicht verhindern, denn so breit sie auch waren, das Gyropod überwand die bodenlosen Abgründe mit Leichtigkeit, ohne an Geschwindigkeit zu verlieren. Die Hindernisse wechselten vor meinen Augen von steilen Hügeln bis zu von tektonischer Aktivität zerrissenen Plateaus und spärlichen gelblichen Pflanzen. Allmählich wurden die Schluchten flacher und breiter, bis sie Tälern glichen, durch die sich Kristallflüsse schlängelten.

An diesen Stellen gab es keine Bögen, stattdessen aber erhob sich hier und da ein einsamer, riesiger Baum, dessen Blätter Buchen ähnelten. Um diese gigantischen Einzelbäume herum wuchsen Büsche, die mit roten und violetten Beeren bedeckt waren. Diese waren es, die das verängstigte Tier zum Anhalten brachten. Sie verlockten es so sehr, dass es sich bückte, sich mit den Hinterbeinen hinhockte und begann, die süßen Leckereien zu verschlingen, wobei es den Feuersturm und die rasenden plasmoiden Wölfe vergaß.

Das war der Zeitpunkt, es aus meiner verzweifelten Umarmung zu befreien. Ich rutschte von seinem liegenden Körper weg und entfernte mich in einen sicheren Abstand. Das schien es nicht zu spüren und pflückte und kaute Früchte weiter. Ich musste mich weiterbewegen, ich war mir nicht sicher, ob die Wölfe mich verfolgten oder ob sie nur auf den Frachter zusteuerten. Ich richtete mich auf einen schmalen, schnell fließenden Fluss, dessen Ufer mit so dichtem und hohem Schilf bewachsen waren, dass man dahinter nichts sehen konnte. Und die Sonne ging unter, was nichts Gutes verhieß. Ich beschloss, den Fluss zu überqueren und den Ort hinter dem Schilf zu erkunden. Auf großen runden Steinen tretend, bewegte ich mich langsam auf das Ufer zu. Einige ragten fast bis zum Wasserspiegel heraus, so dass ich sie zuerst auf Rutschgefahr prüfen musste.

Langsam und behutsam erreichte ich Land. Es wurde halbdunkel und die Farbe des Schilfs wechselte von gelbgrün zu todgrau. Die Lichtlosigkeit versetzte mich in Panik und ich beeilte mich, die Arme ausgestreckt wie ein verrückter Blinder.

Ich schob die Bündel beiseite, um meinem Körper etwas Platz zu verschaffen, und kam beharrlich voran. Ich hatte keinen anderen Orientierungspunkt als das Murmeln des Flusses hinter mir. Ich hatte gehört, dass sich verirrte Menschen im Kreis drehen würden. Ich hoffte, dass mir das nicht passieren würde. Ich ging in einer geraden Linie, als die Finsternis ihren dunklen Vorhang senkte. Nur die Sterne verbreiteten spürbares Licht und verwandelten das graue Schilf in schwarze Umrisse. Die Bündel zerbrachen unter dem Gewicht meiner Füße. Ich hatte das Gefühl, auf immer härterem Boden zu treten. Die hohe Vegetation lichtete sich und als ich die letzten Halme des Flusses aufschlug, fesselte mich der Anblick, der sich mir bot, an die Stelle.

Riesige Bäume, so hoch wie Mammutbäume, erhoben sich in Gruppen und vermittelten den Eindruck eines unheimlichen Riesenwaldes. Die massiven Kronen wurden von dicken, knorrigen Ästen getragen, die sich unter dem Gewicht orangefarbener Früchten gekrümmt hatten, die so groß wie gewöhnliche Wassermelonen waren, und die dicken buchenartigen Blätter filterten das Licht, das meine Augen in einem warmen Schein erreichte.

Dort in den Blättern summten, pfiffen, kratzten und zwitscherten biolumineszente Lebewesen, angetrieben von ihrem eigenen Bedürfnis, sich mit der für ihren nie endenden Lebenszyklus so notwendigen Energie zu sättigen und aufzuladen.

Unten, in den ineinander verschlungenen mächtigen Rhizomen, sammelte sich das Laub und bot den sich tummelnden kaninchenähnlichen und wühlenden Wesen, die ihre Beute jagten oder vor einem größeren Raubtier flüchteten, ein Zuhause. Weiter oben, in den jahrhundertealten Baumstämmen, waren feine Baumhöhlen mit schönen Motiven geschnitzt, wie in filigraner Technik verziert. Neben jeder hing eine vielfarbige Lampe, genau wie die Gartenlampen auf der Erde, nur kleiner. Meine Aufmerksamkeit auf diese märchenhaften Waldhäuser wurde von einem außergewöhnlichen Tumult abgelenkt, der von drei Trollen verursacht wurde. Ich sagte „Trolle", weil ihre körperlichen Merkmale mit denen des Beschützers identisch waren. Groß von Wuchs, bärtig, mit massigen Oberkörpern und prallen Bäuchen trugen sie Lendenschurze und waren mit dicken Keulen bewaffnet. Auf dem Boden neben ihnen lagen zwei leuchtende Früchte, die sie offensichtlich nicht teilen konnten. Ich näherte mich, versteckt hinter einem dornigen Busch, gerade genug, um zu hören, worüber sie sich stritten.

„Eine Babadshana steht mir zu, weil ich sie gepflückt habe!", erklärte der Dickste der drei lautstark.

„Und die andere ist meine, weil ich sie zuerst gesehen habe!", sagte der Zweite.

„Nein! Sie gehört mir, weil ich dir gesagt habe, dass sie nicht so hoch oben sind", gab der jüngste, aber auch der muskulöseste Rivale nicht nach.

„So ist es, aber du, als der Jüngere von uns, wirst bis zur nächsten Saison warten, um die frischen Babadshanas zu pflücken!"

„Ich kann nicht schlafen, wenn ich nicht gegessen habe, und ihr zwei habt genug von diesen beiden Früchten nicht nur für eine, sondern für zwei ganze Jahreszeiten!" antwortete der Jüngste barsch. „Außerdem werden die untersten Äste zuerst abgebrochen, so dass ich kaum in der Lage sein werde, auch nur eine grüne Babadshana selbst zu pflücken!"

„Du wirst die Nankis bitten, dir eine auszusuchen! Du warst ihnen nahe!“, zischte der Zweite, dem schon vor Hunger der Speichel aus dem Mund floss.

„Seitdem Vielfraß ihre Häuser zerstört hat und mit dem Beschützer verschwunden ist, sind sie überhaupt nicht mehr im Wald erschienen!“, antwortete der Kleine heiß.

„Das ist dein Problem! Mach einen kleinen Spaziergang und glaube mir, du wirst eine Babadshana finden, die auf einem niedrigeren Ast wächst!“ sagte der dicke Troll, rot vor Zorn, und packte seinen Knüppel mit beiden Händen.

Dies war der Moment, in dem ich beschloss, meine Anwesenheit zugunsten des Jüngsten zu verraten. Ich trat vor und schrie laut aus vollem Halse:

„Heute werden alle essen!“

Und ehe sie sich dessen versahen, zog ich mit einem Handgriff die kleine zweischneidige Axt aus meinem Rucksack und zerhackte die beiden leuchtenden Kürbisse. Aus den vier Hälften floss eine dicke orangefarbene Creme und die Trolle setzten sich auf den Boden, schnappten jeder ein Stück nach dem anderen und begannen laut zu schmatzten.

„Wer bist du? Du bist nicht von hier!“ Der fette Troll sah mich misstrauisch an.

„Ich, ich bin ein Bote!“, antwortete ich knapp.

„Und was machen solche Bolen wie du hier?“

„Boten!“, berichtigte ich ihn. „Die Boten überbringen Nachrichten.“

„Ah, du überbringst Nachrichten? Gut oder schlecht? Denn wenn sie schlecht sind, brauchst du deine Worte nicht zu verschwenden! Wir haben genug Ärger im Wald!“

„Eure Probleme sind ein Tropfen auf dem heißen Stein!“

„Was für ein Froffen?“, der Dicke konnte mich nicht verstehen.

„Sie sind nichts im Vergleich zu dem, was ich euch sagen möchte.“

„Bla, bla, bla! Es gibt nichts Wichtigeres als die süßen Babadshans, ohne die wir nicht schlafen können, und die Königin, die die Kleinen bewacht…“

„Krach!", ließ der Älteste seinen Knüppel auf seinen Kopf niedersausen:

„Halt die Klappe! Und du, sag, was du zu sagen hast, und verschwinde, bevor ich dich zerquetsche!"

„Wartet einen Moment, ist es nicht besser, dass die anderen die Nachricht hören?", erinnerte der Kleine. „Und dann werden wir entscheiden, was wir mit diesem Boten machen."

Die drei schwiegen, sahen sich an und zerstreuten sich in verschiedene Richtungen, wobei sie mit ihren Keulen gegen die uralten Stämme der mächtigen Bäume schlugen. Aus den Rhizomen krochen schläfrige Trolle, die ihrerseits ihre Nachbarn aufweckten, bis ich umzingelt war. Dann stieß ein gigantischer Riese, höchstwahrscheinlich ein Häuptling, die Menge mit seinen Ellbogen an, stellte sich vor mich, packte das letzte Viertel der Frucht, hob es zum Mund und schluckte es, ohne zu kauen. Dann schlug er sich auf die Brust und rülpste laut. Seine Stimme hallte:

„Sprich jetzt, Bote!"

„Aus dem Osten, wo die Bögen wachsen, sind viele Schiffe gekommen! Sie verbrannten den Boden und brachten die Wölfe. Bald wird das Feuer auch euren Wald einäschern!"

„Die leuchtenden Wölfe!", rief einer von den hinter ihm Stehenden aus. Plötzlich entstand ein Tumult. Jeder Troll versuchte, etwas zu sagen. Einige klatschten in die Hände, einige gerieten in Panik und andere zitterten.

„Bist du dir deiner Worte sicher?", fragte mich ihr Anführer ungläubig.

„Ich habe sie mit meinen eigenen Augen gesehen! Wenn ihr bleibt, werdet ihr sie auch sehen! Ich rate euch jedoch davon ab, dies zu tun."

„Sind sie allein oder führt sie jemand?", schrie ein anderer, großer und sehr dünner Troll mit einem verlängerten Hexenkinn.

„Das kann ich nicht sagen, ich habe nur sie gesehen und die Schiffe, auf denen sie gelandet sind!"

„Und wie bist du aufgetaucht?", hob ein fetter Troll zweifelnd die Augenbrauen, der seinen Bart zu einem dicken Zopf geflochten hatte.

„Inki-Nanka hat mich zu euch geschickt, um euch zu warnen“, log ich, aus dem Gespräch drauf kommend, in dem Beschützer, Vielfraß und das zarte fliegende weibliche Wesen erwähnt wurden.

Es folgten ein heftiger Streit und ein Austausch von verbalen Beleidigungen. Die Wirkung meiner Worte wurde durch ein anderes Phänomen bestätigt: Wolken von fliegenden Kreaturen, die vom Himmel kamen, landeten in den Baumkronen und füllten sogar die dunklen Ecken der Gebüsche, wo sie sich lautlos unter den fleischigen Blättern ihrer Kronen versteckten.

„Worauf wartest du?!“, brüllte der Chef. „Gehe zu den Ewigen Bergen!“

„Werdet ihr euch ihnen nicht widersetzen? Wollt ihr nicht kämpfen?“, fragte ich sie alle.

„Gegen die Regulatoren haben wir keine Chance! Lauft!“, rief der Troll und stürzte vorwärts, drängte die Menge zurück, die vielleicht auf eine andere Wendung der Ereignisse wartete.

„Aber sie werden euren Wald zerstören! Wollt ihr euer Zuhause nicht schützen?“

„Keine Sorge!“, antwortete der Troll und strich zufrieden über einen kunstvoll an seinen Lendenschurz zugenähten braunen Beutel. „Überall keimen die Samen. Wir tragen die Bäume mit uns“, winkte er dann und alle folgten ihm diszipliniert.

Ich folgte ihnen stillschweigend, aber ich konnte sie nicht einholen, selbst wenn ich mit der Geschwindigkeit eines Olympiasiegers der Leichtathletik rannte. Ein Schritt von ihnen entsprach drei Schritten von mir. Wenn ich jetzt nur ein Pferd zur Verfügung gehabt hätte! Aber selbst ein Pferd wäre gestolpert und hätte sich in den vielen Rhizomen, in den niedrigen zähen Büschen, in den knorrigen und verdorrten niedrigen Ästen verheddert, wie ich es jetzt tat. Der Wald zog seine drahtige Umarmung um mich fest und schien mich so lange wie möglich festhalten zu wollen. Es war unmöglich, den Trollen hinterherzulaufen.

Eine plötzliche schneidende Kälte durchdrang die Luft und frostete alle Blätter. Die fliegenden Tiere, die sich zuvor dort versteckt hatten, fielen wie überreife Birnen im Spätherbst. Einen

Moment später hörte ich einen furchtbaren Krach. Er schallte in alle Richtungen und brachte meinen schlimmsten Albtraum mit sich. Der Regulator! Der erste von etwa hundert Plasmoidwölfen. Sein Energiefeld strahlte ein blau-weißes Licht aus und knisterte, wenn es die verdorrten Äste berührte.

Er näherte sich und schnitt mir den Fluchtweg durch den Wald ab. Ich war zwischen zwei dornigen Büschen eingekeilt. Der Wolf hockte sich hin und machte sich zum Sprung bereit. Ich wusste, was mich erwartete. Ich trat ihm gegenüber und der dadurch entstandene Stress ließ mein Gehirn anders arbeiten. Innerhalb weniger Millisekunden tauchten Aufgaben aus der Quantenmechanik und der Chromodynamik auf. Ich beobachtete Elementarteilchenerscheinungen auf atomarer und subatomarer Ebene. Und dann sah ich mit meinen eigenen Augen sein Torsionsfeld! Es war eine Gesamtheit von Mikro-Wirbeln im Raum, die miteinander interagierten und dabei Informationen über die Verdrehung ihrer metrischen Eigenschaften verbreiteten. Und in dieses Feld war die Idee seiner Entstehung verankert. Es war in der Tat seine Achillesferse. Der Schlüssel zu seiner Vernichtung!

„Amarok!", flüsterte ich den Namen, den ihm meine Eva gegeben hatte, und hob meine Hand gegen ihn.

Die Lösungen der Aufgaben in der Differentialgeometrie affiner Räume ermöglichten es mir, weitreichende Kräfte zu gewinnen. Er sprang im Nu nach vorne, aber während er noch mitten in seinem Sprung war, beugte ich meine Hand so weit wie möglich nach hinten und drehte sie nach links. Die von mir erzeugten Mikroleptonen[7] veränderten sein Torsionsfeld negativ und löschten die Information seiner Schöpfung. Die Energiewelle, die ich instinktiv bildete, stieß ihn zurück und verzerrte seine Gestalt. Er schrumpfte und verschwand!

---

7 (Anm. d. Verf.) Elemente der Energietheorie, in der der Spin der Teilchen mit der Möglichkeit verbunden ist, Teilchen ohne Masse und Energie zu emittieren.

Noch bevor mir bewusst wurde, was geschehen war, durchflutete ein heftiger Schmerz meine Schläfen. Ich fing an, sie intensiv mit meinen Fingern zu massieren, und allmählich ließ der Schmerz nach. Ich schloss meine Augen und versuchte, mich daran zu erinnern, was im Transportschiff der Quasimodos passiert war. Irgendetwas hatte mein Wesen dort verändert. Zum Guten oder zum Bösen. Ich versank in Gedanken tief im gewonnenen Wissen. Ich konnte Teilchen von rotierenden Makrokörpern und Systemen im Raum sehen, ihre Quantenkonnektivität, ich konnte Ereignisse der Realität sehen und ich konnte sogar die fraktale Geometrie[8] meiner Umgebung visualisieren. Ich war an den Rand der Erleuchtung angelangt, fühlte mich anders. Ich war verändert.

Gerade nur hörte ich einen zweiten fürchterlichen Krach, dem viele weitere folgten. Ein scheußlicher, frostiger Wind durchschnitt meine Kleidung und presste auf mein Fleisch. Er durchbrach zum Glück die Fesseln meines erstarrten Bewusstseins und holte es aus der endlosen Kontemplation heraus.

Ein Rudel Plasmoidwölfe raste auf mich zu. Sie bewegten sich asynchron und jeder hielt einen gewissen Abstand zum anderen ein.

Diesmal beschrieb ich mit meinem Zeigefinger einen Kreis in der Luft, der einen mächtigen Tornado gegen den Uhrzeigersinn erzeugte. Ich schlug mit der Handfläche gegen das Rudel. Der Tornado holte sie ein, wickelte ihre Torsionsfelder ab und verzerrte ihre ursprünglichen Informationen. Die Form ihrer plasmoiden Körper schrumpfte und schließlich verschwanden sie ganz. Ich hatte keine Zeit zu jubeln, denn eine zweite Welle von Wölfen, die noch zahlreicher war, rannte auf den Wald zu. Das Schilf des Flusses war verkohlt und schwarze Rauchfahnen wehten daraus.

---

8 (Anm. d. Verf.) Ein informeller Bereich der Mathematik, der unterschiedliche Elemente im Zusammenhang mit der Untersuchung von Fraktalen und deren eigenartigem Verhalten zusammenführt.

Die Tiere sprangen über den Fluss, stürzten aber nicht direkt auf mich zu, sondern ballten sich im dicksten Rauch, der von den verbrannten Pflanzen ausgespuckt wurde. Er leuchtete und aus ihm trat ein riesiger Wolf. In kürzester Zeit gelang es ihm, sich zu materialisieren, so dass er nicht mehr wie ein Plasmoid, sondern wie ein uraltes mythologisches Wesen aussah. Sein grauer Rumpf war so lang, dass die Entfernung von seinen Vorderpfoten bis zu seinem Kopf etwa zehn Meter betrug! In seinen Kiefern und Augen brannte eine unauslöschliche Flamme, die die langsameren Waldbewohner anlockte und hypnotisierte. Seine Aufmerksamkeit galt jedoch nicht ihnen, sondern mir selbst.

Unerschütterlich trat er vor und schnupperte an meinen Spuren. Ich wartete nicht darauf, dass er mich zuerst findet, sondern trat aus dem Schatten der Bäume heraus und fand mich auf einer offenen, von den Sternen erleuchteten Wiese wieder. Der riesige Wolf folgte mir, schwankte mit seinen Hüften, bereit, mich jeden Moment anzugreifen. Die Pupillen meiner Augen weiteten sich, ein mächtiger Adrenalinstoß ließ mein Herz rasen, so dass ich seine komplizierten, vielschichtigen Torsionsfelder sehen konnte. Ich konnte sie ganz klar voneinander unterscheiden. Einige waren dynamisch, andere statisch, aber alle waren in einer Torsionsmatrix vereinigt. Sie enthielt nämlich die Information über den Zustand von Amarok. Ich sah sie als eine Ansammlung von Kegeln, die zu einer einzigen Spirale verdreht waren. Gerade sie diente mir als Zielscheibe.

Ich breitete meine Hände aus und zeichnete gedanklich einen Kreis. Als er sichtbar wurde, stieß ich ihn sofort gegen das Biest. Der Regulator sprang jedoch zur Seite, wich aus und stürzte sich direkt auf mich. Er gab ein wütendes Brüllen von sich und seine Kiefer spuckten Feuer. Ich musste die Taktik ändern, sonst war ich dem Untergang geweiht! Ich erschuf ein paar winzige Kreise aus Milliarden von Tordions[9] und stürzte mich mit aller Kraft auf ihn. Der Wolf konnte sie nicht spüren und sie schnitten

---

9 (Anm. d. Verf.) Torsionsfeldquanten.

sich in seinen Körper ein, aber sie töteten ihn nicht, sondern machten ihn nur noch wütender. Mit zwei letzten Sprüngen fand sich Amarok wieder neben mir. Unerklärlicherweise schlug ich die Beine übereinander und drehte mich um die eigene Achse.

Mit dem Zeigefinger zeichnete ich einen gedanklichen Kreis von negativ geladenen Makroleptonen, der mich umschloss. Der monströse Wolf öffnete sein feuriges Maul. Mein Gehirn brachte wieder das Ergebnis der Lösung einer relativistischen Quantengleichung für die Bewegung von Elektronen hervor. Der neu erdachte Ring aus Antiteilchen hüllte ihn in eine tödliche Schlinge ein und erzeugte eine konzentrische Druckwelle. Durch die Implosion wurde er komprimiert und in dem freigewordenen Volumen hinter der Welle entstand ein Vakuum, das das zerquetschte Ungetüm vollständig auflöste.

Vor Erschöpfung und starken Kopfschmerzen stürzte ich zu Boden. Ich fühlte, wie mich fremde Hände hochhoben und irgendwohin trugen.

DIE EWIGEN BERGE

„Wach auf, Bote, wach auf, die Königin wartet auf uns!" dröhnte eine bekannte Stimme.

Mit trübem Blick gelang es mir, den Kopf des Trolls zu identifizieren. Er trug einen langen ärmellosen Vliesmantel mit einem dicken Kragen, der ihm ein majestätisches Aussehen verlieh.

„Wo bin ich, wo bringt ihr mich hin?", fragte ich ihn mit Mühe.

„Wir sind in unserem geheimen Versteck am Fuße der Ewigen Berge."

Ich sah mich um. Ich lag auf weichem schwarzem Fell in einer kleinen Höhle, die von ein paar der Kürbisfrüchte, die an den unebenen Wänden hingen, beleuchtet wurde. Etwa zwanzig Trolle mit ärmellosen Pelzmänteln saßen auf dem Boden.

„Was für eine Königin ist das? Wo sind die anderen?", hörte ich mit meinen Fragen nicht auf.

„Langsam, langsam, Kleiner! So kann man mit dir nicht reden", schnauzte der dicke Troll, dem ich im Wald des Riesen zum ersten Mal begegnet war, „die anderen eilten vor, um sie zu warnen. Glaubst du etwa, dass sie jeden Tag Boten empfängt?"

„Und was dieses Loch angeht", unterbrach ihn der Häuptling, „es hat uns schon oft vor den Schneestürmen gerettet. Manchmal verwenden wir es als Lager, wenn das Jahr fruchtbar ist."

„Im Unterschied zu diesem!", rief ein anderer und seufzte wie nach etwas unwiederbringlich Verlorenem.

„Den Wald gibt es nicht mehr", sagte ein Dritter. „Der ganze Wald ist verbrannt!"

„Aber ihr bringt auch Samen mit, nicht wahr?! Wir werden zurückgehen und
ihn wieder einpflanzen!"

„So einfach ist das nicht, Bote", antwortete der Häuptling. „Die Familientöter wimmeln zwischen den verkohlten Bäumen hin und her. Diejenigen, die mit den Regulatoren kamen.

Dieselben, die die Familien ermordeten und unsere Kinder mitgenommen haben."

„Die mit den zwei Augenpaaren und den Tentakeln statt Mündern?", fiel mir ein.

„Du hast sie also auch gesehen!", stieß er erstaunt hervor.

„Ja, aber ich habe sie anders genannt."

„Ihre Namen bedeuten uns nichts, Kleiner, wichtig sind die Taten. Wir haben gesehen, was du den Regulatoren angetan hast, deshalb sind wir für dich zurückgekommen. Aya, die Königin, will dich ebenfalls sehen."

„Und wo ist sie?"

„Wir haben einen langen Weg dahin, bewahre deine Kräfte für den Aufstieg!", antwortete mir der Häuptling halbherzig.

„Warum lebt Aya nicht bei euch?"

„Sag ihren Namen nicht, bevor sie ihn dir selbst gesagt hat! Dieses Recht hat dir niemand gegeben!", schnauzte mich ein rotgesichtiger, sommersprossiger Troll an.

Der Häuptling runzelte die Stirn und fuhr fort:

„Wir lebten einst zusammen im Wald. Das waren gute Jahre. Unsere Frauen sammelten leckere Wurzeln, Pilze und Tierchen, und wir pflückten die süßen Babadshanas. Jeder von uns hatte zwei Frauen und viele, viele Kinder. Die Nankis passten auf die Kinder auf, wenn wir auf Jagd nach Maulwurffressern waren, und wir bewachten ihre Häuser vor den lästigen nächtlichen Barduzi."

„So war es, wir lebten in Frieden und Einverständnis!", unterbrach ihn ein hagerer, runzliger Troll.

„Bis eines Tages unsere Kinder zu verschwinden begannen", so der Häuptling weiter. „Wir waren gerade auf dem Rückweg von der Jagd und unsere Frauen waren weit über den Fluss gegangen, um Rotsüßlinge zu pflücken, als uns die Nankis auf der Straße begegneten. Mehr als die Hälfte unserer Kinder waren entführt worden. Als unsere Frauen nach Hause kamen, konnten wir sie nicht lange trösten. Bald kamen die Familientöter wieder. Wir pflanzten neue Bäume im Wald und wurden bald von den Nankis vor einem Schiff gewarnt, das in der Nähe gelandet war. Wir stiegen diesen Weg hinunter, fingen die Räuber ein, fesselten sie und schleppten sie in den Wald. Wir überließen sie unseren Frauen und zogen uns zurück. Was mit ihnen geschah, kann ich nicht sagen, und du willst es auch nicht wissen. Nach diesem Vorfall organisierten die Nanks einen Geheimrat und beschlossen, sich das Schiff anzueignen. Sie luden einige von uns ein, aber nur zwei kamen an Bord: Beschützer, weil er seine Familie bei den Entführungen verloren hatte, und Vielfraß, weil er sich den Nankis verpflichtet fühlte. In einer stürmischen Nacht, als er auf seinem Posten war, haute er mit seinem Stock auf einige ihrer Häuser, um die raubgierigen Barduzi zu vertreiben."

„Viel wichtiger ist, dass unsere Freunde weggeflogen und bis heute nicht zurückgekehrt sind!", meldete sich ein Jüngling in schneeweißem Vlies zu Wort.

„Wir trafen unsererseits auch eine Entscheidung und gingen getrennte Wege", so der Häuptling weiter. „Die Frauen und Kinder leben auf dem Gipfel der Ewigen Berge und wir kümmern uns von Zeit zu Zeit um das Loch und den Wald. Und wir haben es gut gemacht, denn die Familientöter kamen oft, aber sie waren nicht mehr allein. Ihre Feuerregulatoren töteten einige von uns, aber sie konnten unsere Kinder nicht finden. Als sie merkten, dass sie keinen Nutzen hatten, ließen sie uns in Ruhe. Aber wir behielten unsere Traditionen bei. Wenn die Jungen volljährig wurden, kamen sie zu uns. Zweimal im Jahr steigen drei Auserwählte zu den Frauen und Kindern und bringen ihnen Lebensmittelvorräte; sie bleiben über Nacht und kommen zurück. Manchmal müssen sie jedoch die Nacht hier im Loch verbringen, geschützt vor den Lawinen und heftigen Winden."

„Ihr führt ein hartes Leben!", bemitleidete ich sie.

„Wenn wir uns nicht getrennt hätten, gäbe es uns nicht", sagte der älteste Troll.

„Auch nicht, wenn wir hier bleiben! Bewegt Euch, gehen wir!", befahl der Häuptling und lächelte mich freundlich an.

Die Trolle standen auf, waren aber vorsichtig, nur einer ging hinaus, sah sich auf den verschneiten Wegen um und bestätigte, dass keine Verfolger in der Nähe waren. Die anderen kamen ebenfalls heraus. Ich war verwirrt, als er mich anhielt. Mit heiserer Stimme wandte er sich zu mir:

„Warte, Bote, so kannst du nicht vor der Königin erscheinen! Sieh dich an! Du bist ja ganz abgerissen! Wir haben etwas für dich vorbereitet. Hier, nimm das!" Er warf mir einen warmen und sauberen Mantel zu, so wie sie ihn trugen, in meiner Größe.

„Wann konntet ihr ihn nähen?"

„Letzte Nacht, während du schliefst, haben wir das Fell ausgemessen und zugeschnitten. Es ist von einem reinrassigen grauen Maulwurffresser. Hier in der Höhle lassen wir immer ein Stück als Reserve. Gefällt es dir?"

Ich nickte zustimmend. Der Mantel war erstaunlich leicht, aus einem weichen grau-silbernen Stoff. Natürlich hatte er wie ihre keine Ärmel, aber sein Kragen war dick und schützte meinen Hals vor der Kälte. Es gab auch eine spitze Kapuze, die, als ich sie aufsetzte, nicht weiter als bis zu meinen Augen reichte. Ich zog heimlich die Ellipse aus der alten, zerfetzten Jacke und schob sie in meinen Ausschnitt. Dann schwang ich den Rucksack auf den Rücken, in dem immer noch die Axt war, und machte mich auf den Weg dem Troll nach.

Draußen peitschte ein stürmischer Wind, der die Schneeflocken in eisige Pfeile verwandelte, die zwickten, bevor sie auf der Haut schmolzen.

Dies schien weder meinem Anführer noch dem Rest der Gruppe, die ziemlich weit weg war, irgendwelche Unannehmlichkeiten zu bereiten. Sie stiegen in einer Reihe hinauf und bahnten uns einen Weg. Der Schnee reichte mir bis zu den Knien und dort, wo er nicht festgetreten war, war er flauschig, so dass ich ihn mühelos mit den Füßen schaufeln konnte. Etwas höher von uns, etwa hundert Meter, führte der Weg zwischen zwei steilen Bergkämmen hindurch und schlängelte sich hinter einen zerklüfteten Felsgrat. Von dort dröhnte die Stimme des Häuptlings:

„Zurück! Lauft zurück!", wiederholte sein Echo mehrmals, bis es abklang und vom Schneesturm übertönt wurde.

Die Letzten in der Kolonne reagierten sofort auf den Befehl. Sie drehten sich um und rannten auf uns zu, wurden aber überraschenderweise durch fliegende Dreiergurte, die an den Enden mit Metallkugeln versehen waren, niedergemäht. Sie flogen so, dass sie ihr Ziel stets erreichten. Jede Waffe verfing sich an den Beinen der Trolle und schlug sie zu Boden. Keiner aus der Gruppe konnte entkommen und innerhalb von Minuten waren alle im Schnee aufgetürmt. Mein Anführer und ich rannten schnell zur Höhle, in der Hoffnung, den unsichtbaren Verfolgern auszuweichen. Leider stieß mein Begleiter einen plötzlichen Schrei aus, fiel schwer und rollte mehrere Meter den Weg hinunter. Sofort folgte ich seinem Sturz. Die auf mich gerichteten Fluggurte wickelten sich um meine Füße und zogen sich effizient fest. Instinktiv rollte ich mich in einer embryonalen Position zusammen und versuchte, die Kugeln abzuwickeln, aber vergebens, so fest waren sie geklemmt! Ich hatte noch nie ein solches Jagdgerät gesehen, aber ich war damit vertraut, dass vor vielen Jahren ein Indianerstamm in Patagonien während eines Krieges die Jagd-Wurfwaffe, die Boleadoras, benutzt hatte. Nur wurde diese hier offensichtlich verbessert, denn alle drei Kugeln jeder Bolo flogen unabhängig voneinander und tief über dem Boden, ohne dass jemand sie beschleunigen musste. Erreichten sie das Ziel, schnappten sie zu und zogen sich automatisch fest.

„Wenn wir noch leben, werden sie uns nicht umbringen, Anführer!", sagte ich.

„Mach dir keine Hoffnungen, du Narr!", schnauzte der Troll. „Schau nur, wer unsere Feinde sind."

Ich hob die Kapuze an und sah die Quasimodos ein paar Meter entfernt! Dank ihrer langen Arme bewegten sie sich flink.

„Wir haben die Schlacht verloren, Bote! Wir sind erledigt!", stöhnte der Troll.

„Sei dir da nicht so sicher!", antwortete ich und suchte hektisch ihre Torsionsfelder ab, von denen es keine Spur gab. Der Grund waren die schützenden, sechseckigen Schilde, hinter denen sie sich geschickt versteckten.

„Oh nein!", flüsterte ich leise.

Mein Partner schien mich zu hören und sagte:

„Jedes Mal kommen sie besser vorbereitet!"

„Geduld, mein Freund, Geduld, wir werden sie wieder überlisten!" antwortete ich und die Quasimodos warfen ein Seil mit einem Haken dran herunter und schleppten uns in den unteren Teil des Berges. Dort, versteckt zwischen den Bäumen, wartete ihr Raumschiff auf uns, eines der Dutzende, die nach dem Ausbruch des Brandes im Gebiet der Bögen auf dem Planeten gelandet waren.

Eine absenkbare Tür diente als Rampe, über die die gefangenen Trolle zum blendend weißen Eingang gezogen wurden. Ich war auch bald an der Reihe.

Sobald ich die Rampe berührte, drehten sich querliegende Metallwellen und schoben mich in den Schoß des leuchtenden Lichtes.

„Wie ein Fließband in einem Schlachthof", dachte ich und spannte die Muskeln in einem vergeblichen Versuch an, die verbesserten Boleadoras durchzureißen.

★★★

Das Fliegen verändert die Wahrnehmung. Vor allem, wenn man allein schwebt, in unermesslicher Höhe über den Bäumen, auf den warmen und kalten Luftströmen gleitend wie ein Vogel. Ohne mit den Händen zu flattern, sie liegen eng an der Hüfte, und die Handflächen sind geöffnet und spüren den Wind. Der Kopf ist angenehm eingeschlafen, weil man die Mikroschläge der Gaspartikel mit seiner Stirn einsteckt. Wenn man sich entschließt, wie die Adler aufzusteigen, vermehren sie sich und verursachen zahlreiche niederfrequente Gehirnerschütterungen, die nach wenigen Sekunden unerträglich und sehr, sehr schmerzhaft werden. So sehr, dass man vor Schmerz schreit und darum betet, dass die Erschütterungen ein für alle Mal aufhören! Und sie klingen plötzlich ab.

„Wo bin ich?", fragte ich in einem heiseren Ton.

„Überall und nirgendwo", antwortete mir eine sanfte, angenehme Stimme, „Das hängt von dir ab".

„Ich sehe nichts!", erwiderte ich erschrocken.

„Vielleicht liegt es daran, dass du noch nicht bereit bist.“

„Wozu soll ich bereit sein?“, rätselte ich.

„Deinem Schicksal zu begegnen, mein Junge.“

„Nachdem ich schon so weit gekommen bin, kann ich das auch“, erklärte ich der Stimme.

„Pass auf, jetzt kommt der schwierige Teil. Du kannst schon sehen. Weil du es willst oder weil Ich es will!“

Ich öffnete meine Augen und sah. Ich befand mich in einer Halle, die einem Amphitheater oder einem Opernhaus ähnelte.

„Was ist das für ein Ort?“

„Willkommen in meinem Zuhause. Hier wohne Ich.“, antwortete der Tenor.

Angeschnallt in einem bequemen roten Sessel in der ersten Reihe, sah ich mich um. Die Bühne vor mir war leer.

„Warum bin ich gefesselt?“, fragte ich die Stimme.

„Du bist es nicht mehr. Du darfst aufstehen und herumlaufen.“

Ich stand auf und drehte mich um. Die Reihen waren gestuft in Form von Ellipsen angeordnet und ihr Ende war nicht sichtbar. Auf den roten Sesseln saßen Kreaturen verschiedenster Art und Gattung, aber alle, soweit mein Auge sehen konnte, schienen ohne Lebenskraft zu sein und starrten konzentriert auf die Mitte der kreisförmigen Bühne. An jedem Sessel hing ein dünnes Kabel, das mit vielen anderen verbunden war und bis zu einem massiven über dem Saal angebrachten Kronleuchter reichte, der in seiner ganzen Pracht eine wunderschöne Orgel mit Gold- und Silbereinlagen und unzähligen Edelsteinen beleuchtete. „Was machen alle Lebewesen hier? Warum hast du sie an den Sesseln festgenagelt?“

„Ach, die hier? Sagen wir, ich gebe ihnen neues Leben.“

„Ist das denn ein Leben?“, wandte ich ein.

„Stell dir vor, ich bringe sie dorthin zurück, woher sie gekommen sind. Die meisten stammen aus einem Sklavensystem in der einen oder anderen Form. Sie stehen morgens auf, üben ein und dieselbe Tätigkeit aus und gehen wieder schlafen. Und so ihr ganzes bewusstes Leben lang. Sie werden des Rechts beraubt, zu wählen. Sie werden geboren, sie gehorchen und sie sterben.

„Was ist mit den Gefühlen, die sie die ganze Zeit haben? Mir gegenüber sehe ich nur lebende Leichen!“

„Gefühle?! Ha-ha-ha! Nur niedere, evolutionär unentwickelte Wesen haben Gefühle! Und diejenigen, die ich mitnahm, was konnten sie anderes fühlen als Leid, Angst und Verzweiflung?“

„Sie können lieben! Das hast du ihnen abgenommen!“

„Weißt du, was das bedeutet?“, lachte die Stimme. „Höchster aufopferungsvoller Unsinn, von dem nur Sklavenhalter profitieren, die wollen, dass ihr euch vermehrt und das endlose Spiel von Sklave und Herr fortsetzt. Nichts! Und weißt du, warum du hier bist? Ein kleines und listiges Wesen hat dich dazu gebracht, dich zu verlieben, in der Hoffnung, seine Drecksarbeit zu erledigen. Und du hast dich verliebt. In was hast du dich verliebt? In den Körper, den Geist oder nur in einen Sack aus Fleisch und Knochen?“

Die Stimme verstummte und Eva erschien auf der Bühne. Meine geliebte Eva. Dann erschien eine und noch eine. Hunderte von Evas erschienen mit unterschiedlichen Haaren, unterschiedlichen Augenfarben, unterschiedlichen Brustformen und -größen. Kleine, große, mollige, dünne, sportliche, dicke, alle möglichen Evas…

„Gefallen dir die Hologramme? Ich kann sie materialisieren! Behalte sie alle, wenn du den Mut hast“, sprach die Stimme weiter, „für eine sehr kleine Gegenleistung!“

„Ich brauche diese Frauen nicht, sag mir, wie ich meine Eva heilen kann! Ihr Körper friert allmählich ein.“

„Hm, ja. Sie wurde von einem meiner Plasmoiden tödlich infiziert. Aber das passiert so selten, warum hat er sie am Leben gelassen, hmm… Mal sehen, was wir hier haben… Ah, da ist es!“

Plötzlich schreckte die Stimme auf, änderte ihren Ton und sagte:

„Zuerst wirst du die Aufgabe lösen! Dann bekommst du das, wofür du gekommen bist.“

„Welche Aufgabe? Was willst du von mir?“, begriff ich nicht.

„Eine einfache Krämerrechnung, ohne die die Orgel nicht spielen kann.“

„Wenn sie so einfach ist, warum berechnest du sie dann nicht selbst?“

„Sieh her, Kleiner, meine Geduld ist am Ende und meine Zeit auf dieser Welt läuft ab. Ich werde mich genauer ausdrücken, damit du mich kristallklar verstehst!“, antwortete die Stimme scharf.

Die Bühne drehte sich und vor mir erstrahlte in all seiner Pracht ein riesiger Thron, geschmiedet aus einem rauchquarzähnlichen Material. Miniatursterne, Sonnensysteme und ganze Galaxienhaufen pulsierten darin. Hunderte von weißen, nicht angezündete Kerzen waren auf dem Boden um ihn herum angeordnet. Das Wesen, das auf dem Thron saß, hatte eine menschliche Gestalt, nach Kopf, Rumpf und Armen zu urteilen. Es war in einen dunkelgrünen Umhang mit einer weiten Kapuze gehüllt. Von der Stelle, wo ein Gesicht sein sollte, strömte nur Dunkelheit. Seine Finger endeten in scharfen Krallen, die eine Kugel von der Größe einer Walnuss hielten. Anstelle des Magens war ein klaffendes Loch, in dem ein außergewöhnliches Feuer brannte. Die gleich großen Flammen spielten in rhythmischen Wellen, ohne seinen dunkelgrünen Umhang anzuzünden.

Er warf eine Kugel dorthin, wo sein Gesicht sein sollte, und die Dunkelheit unter der Kapuze zog ihn hinein. Einen Moment später wechselten die Flammen in seinem Bauch die Schattierungen und gingen von Dunkelschwarz zu Hellblau über.

„Was sind das für Kugeln, die du da isst?“, fragte ich mit unverhohlener Neugier.

Die Kreatur schüttelte sich vor einem schrecklichen Lachen, vermischt mit einem kehligen Husten.

„Wenn ich eine nach dir werfe, wird dich ihre Schwerkraft wie eine Kakerlake zerquetschen! Das sind keine gewöhnlichen Kinderbonbons, sondern komprimierte Planeten. Wenn du also leben willst, komm nicht näher. Sei jetzt still und hör zu! Du und deine Freunde haben mein Hauptzentrum zur Gewinnung von Intellekt zerstört, alle meine Plasmoide vernichtet und das Transportschiff umgeleitet, zusammen mit der Fracht, die du dir so leichtsinnig angeeignet hast. Aber bilde dir nicht ein, dass du eine Wahl hast! Ich spreche mit dir, weil es mir Spaß macht!“

„Was passiert, nachdem ich die Aufgabe gelöst habe?“

„Ich werde sie in der Orgel implementieren und sie wird eine neue mathematische Sprache entwickeln, mit der man die Formel für ein perfektes Universum mit absoluter Genauigkeit berechnen kann. Sie wird mit der Musik ihrer Saiten erschaffen werden und ich werde sie mit Leben bevölkern, das sich radikal von Eurem unterscheidet."

„Was fehlt unserem?", unterbrach ich die Kreatur.

„Seine Struktur ist primitiv und unterliegt nur einem Gesetz – der Stärkere frisst den Schwächeren. Die universelle Dummheit meines Vorgängers, ausgelöscht im Streben nach Sternen."

„Und was ist dein Ziel in diesem Fall?"

„Ich werde ewig leben. Das neue Universum wird sich nicht ausdehnen und die Galaxien werden nicht weit laufen. Daher ist die Energie, die benötigt wird, um einen Stern oder Planeten einzufangen, geringer als die Energie, die ich absorbieren werde. Zum Unterschied von jetzt, wo genau das Gegenteil passiert."

„Vielleicht sollte das die Grundidee sein", antwortete ich und sah, wie das Feuer in seinem Bauch noch stärker entbrannte."

„Es gibt keine Idee in der Nichtexistenz!!", rief er und stand auf. Mit einer geschickten Handbewegung warf er die letzte Murmel auf das, das wie ein Kopf aussah, und die Dunkelheit verschluckte sie.

„Und nun darfst du auf die Bühne treten und dich vor die Orgel setzen."

„Wenn du mir die Medizin für Eva gibst."

„Soll es so sein!"

Die Kreatur bückte sich und zog eine der Kerzen heraus, die um den Thron herum angeordnet waren. Er zündete sie aus seinem brennenden Magen an und stellte sie zurück an ihren Platz. Im Nu standen auch die anderen in Flammen und brachten mehr Kolorit in die pompöse Atmosphäre.

„Weißt du noch, welche Kerze ich zuerst genommen habe? Sie allein ist der Schlüssel zur Heilung", kicherte das Wesen. „Wenn du eine andere nimmst, wird sie sterben, und wenn sie erlischt, bevor du sie hingebracht hast, wird der Tod über sie hereinbrechen. Keine Sorge, die Kerze brennt lange, wenn sie vor Wind geschützt ist."

„Soll das ein Scherz sein?“, sagte ich empört.

„Sehe ich für dich aus wie ein Witzbold?“, sagte er mit rauer Stimme.

Seine Stimme wurde heiser.

Ich verstummte und war nicht in der Lage, zu verhandeln. Ich trat vorwärts.

„Wird es weh tun?“, fragte ich schüchtern.

„Es kommt auf deine Schmerzgrenze an“, kicherte er. Als ich an ihm vorbeiging, weiteten sich die Pupillen meiner Augen und ich versuchte, sein Torsionsfeld zu erfassen, aber zu meiner großen Enttäuschung konnte ich es nicht finden. Sein Körper schüttelte sich daraufhin vor Lachen, das eine unverhohlene Überlegenheit zeigte.

„Was wird mit uns passieren?“

„Jeder der Anwesenden wird sich in ein neues Geschöpf mit einer anderen Funktion verwandeln, das das neue Universum bevölkern und ihm Leben einhauchen wird. Lebensinfizierte Planeten sind viel nahrhafter!“

Ich schauderte und in Erwartung des Schlimmsten setzte ich mich vor die Orgel und legte meine Hände auf die weißen Tasten. Winzige Sonden sprangen aus ihnen heraus und durchbohrten meine Finger.

Ich spürte, wie sie an meinen Armen liefen und mein Gehirn erreichten. Alles durchdringende Elektroschocks überwältigten meinen Verstand. Ich schrie unmenschlich auf, dann gab ich mich dem Schmerz in seiner höchsten Form hin, meine Finger begannen, eine ungehörte Melodie zu spielen.

★★★

Ich weiß weder, wie lange ich gespielt, noch, wie sehr ich gelitten habe, aber irgendwann hatte ich einfach aufgehört. Die Orgel verstummte und zerfiel in kleine Stückchen. Es blieb nur der Drehstuhl, auf dem ich saß. Mein Gesicht war nass von den strömenden Tränen.

„Tolle Arbeit, mein Junge!“, begrüßte mich das Wesen und kam ein paar Schritte näher.

„Da ist sie! Ist das nicht ein echtes Meisterwerk?", fragte er und zeigte auf die Stelle, wo die Orgel gespielt hatte. Dort war wie ein runder Spiegel ein Portal zum neuen Universum erschienen.

„Jetzt kann jeder von uns darüber hinausgehen. Ich werde dir die Ehre erweisen, der Erste zu sein! Für die anderen spielt die Reihenfolge keine Rolle!", zischte der Schöpfer wie eine Schlange.

„Du wolltest mich gehen lassen, nicht wahr?"

„Zusammen mit den hundert Frauen als Belohnung, Kleiner? Während du dich mit ihnen herumwälzt und dich fragst, in welche du gerade verliebt bist, wirst du feststellen, dass du von allen Menschen auf der Welt dich selbst am meisten liebst! Und dann wirst du mich anflehen, dich mitzunehmen und dein elendes Leben im Austausch für eine kleine Verwandlung zu verlängern. Warum überspringen wir nicht diesen ganzen grotesken Film und kommen direkt zur Sache?"

„Weil ich meine kranke Eva liebe!"

„Du bist verliebt in alterndes, stinkendes Fleisch!"

„Du irrst dich, ich bin in ihre Seele verliebt!" Ich drehte mich wütend gegen ihn, griff in meinen Ausschnitt, aktivierte ein letztes Mal die Ellipse und warf sie ihm ins dunkle Gesicht. Es saugte sie augenblicklich ein und sie versank in den Eingeweiden seines Körpers. Das Feuer in seinem Magen entzündete sich mit schrecklicher Wucht und erzeugte einen Strahlstoß, der den Entwickler direkt durch das Portal schleuderte. Während er durch das neue Universum flog, explodierte sein Körper in Sternenstaub, den die kosmischen Winde aufnahmen.

Ich drehte mich zu dem stummen Publikum von vielen Tausenden um und was sah ich da? Die hängenden Kabel der Sessel waren zerrissen und alle Kreaturen waren aufgestanden, sahen sich an und fragten sich, was sie an diesem seltsamen Ort suchten. Die bekannten Gesichter der Trolle kamen auf mich zu und ihr Häuptling sprach zuerst:

„Bote, lass uns gehen, Königin Aya wartet auf uns!"

Er hatte noch nicht begriffen, dass wir uns im Orbit seines Heimatplaneten befanden.

„Ich habe Wichtigeres zu tun als eure Königin!", sagte ich entschieden und näherte mich dem Thron, der mit Hunderten von brennenden Kerzen beleuchtet war.

„Was ist das für ein wichtiges Werk?", wunderte er sich.

„Ein Werk auf Leben und Tod", antwortete ich, bückte mich und nahm die einzige Kerze, die meine Eva brauchte. Mein Gehirn hatte ihren Standort mit absoluter Genauigkeit berechnet. Nun stand mir eine weitere Beanspruchung bevor, nämlich sie zur Erde zu bringen, bevor sie erlischt.

„Gehen wir jetzt, Bote?", fragte mich der Trollhäuptling mit einem flehenden Blick.

Ich nickte und wir machten uns auf den Weg.

EPILOG

Viele Leute werden mich fragen: „Wie ist doch die Geschichte ausgegangen? Hast du es zur Erde geschafft? Hast du Eva lebend gefunden? Wo zum Teufel ist Inki-Nanka hingegangen?"

So werde ich ihnen antworten:

Bevor ich meine Heimat erreichte, landeten wir mit dem Hauptschiff erfolgreich auf dem Planeten r-s-x-0 und wegen der eindringlichen Bitten der Trolle war ich gezwungen, mich mit ihrer Königin Aya zu treffen. Da ich keine Zeit hatte, war sie es, die zu mir an Bord kam. Ihr Aussehen unterschied sich nicht von dem der anderen Giganten. Ihr Gesicht hatte die gleichen rauen Züge und war dicht behaart. Sie dankte mir tausendmal dafür, dass ich ihr Volk gerettet hatte, und gab mir sogar Samen der süßen Babadshani und sagte mir, ich sollte sie dort pflanzen, wo ich mich niederlassen würde. Als Ausdruck des guten Willens meinerseits gab ich ihr mein zweischneidiges Beil.

Was die Reise zu unserem blauen Planeten namens Erde betrifft, so war diese mit viel mehr Strapazen gespickt, als ihr denkt. Ich musste zwei Raumschiffe wechseln, bis ich die Milchstraße erreichte und ohne die Hilfe der Triniden, sympathischer Kreaturen aus dem Opern-Amphitheater, wäre ich zwischen zwei engen Umlaufbahnen von Zwillingssternen stecken geblieben. Sie fertigten für meine brennende Kerze einen Glaszylinder mit einem Miniaturlüftungssystem an, das die Flamme aufrechterhielt und sie vor äußerer Witterung schützte. Ich habe absichtlich diese Geschichte nicht erzählt, weil sie eine andere Botschaft enthält, die für ein anderes Mal gedacht ist.

Was das Wesen betrifft, das das neue Universum erschaffen hat, so sagten mir die Triniden, dass es an einigen Orten in den Galaxien als Entwickler bekannt war, aber es war nichts anderes als ein gewöhnlicher göttlicher Nematode[10] Ich bat sie um Klärung und sie fügten hinzu, dass Wesen wie dieses eine hohe Intensität des Energieaustauschs und kurze Lebenszyklen haben. Mehr Details teilten sie nicht mit, weil sie zu sehr mit der Reparatur des zweiten Schiffes beschäftigt waren, das wir als Ergebnis einer epischen Kollision mit den anderen Quasimodos übernommen hatten.

Als ich endlich meine Eva erreichte, fand ich sie in einem jämmerlichen, halbtoten Zustand vor. Der Troll, der bei ihr geblieben war, hob den Quarzdeckel an.

„Jean, ich bin nicht sicher, ob sie noch am Leben ist."

Von der Kerze, die ich bei mir trug, war nur noch ein kleines Stück übrig, aber sie brannte zum Glück noch. Ihre Flamme erhellte ihre steife Leiche, aber absolut nichts geschah. Ich blieb lange, massierte ihren Körper und streichelte ihr Gesicht und dann zog ich meine Jacke aus, legte mich neben sie hin und schlang meine Arme um sie.

Ich wollte so sterben und eines Tages würden Archäologen uns umarmt finden. Aber dieses traurige Ende war nicht für jetzt gedacht. Eine eisige Träne löste sich aus ihrem Auge und schmolz auf meiner Stirn. Ich stand auf und öffnete meine Augen weit. Das Organ im Amphitheater hatte meine Spitzenintelligenz schmerzhaft kopiert, aber nicht ausgelöscht.

Das Torsionsfeld der Eiskrankheit schwebte wie ein dünnes Spinnennetz um sie herum. Mit einer Handbewegung riss ich es auf und befreite Eva aus der tödlichen Schlinge.

Zu meiner bitteren Enttäuschung stellte es sich wieder her. Die Flamme der nutzlosen Kerze flimmerte. Mit gebrochenem Herzen griff ich danach, um sie wegzuwerfen, als ich meine Hand unwillkürlich in die Halterung des Quarzdeckels einhakte. Die erlöschende Kerze rollte direkt zu Evas nackten Füßen. Die sterbende Flamme leckte sie, drang tief ein, breitete

---

10 (Anm. d. Verf.) So benannt, weil es ein Zerstörer der Materie war; der Sterne und Planeten verschlang.

sich gleichmäßig aus und setzte sich über ihren Körper wie eine Meereswelle fort und erlosch dann für immer. An Eva gab es keine Verbrennungsspuren, abgesehen von den durch das Feuer zerstörten fremden Nukleobasen[11], die die Eiskrankheit verursachen. Sie stöhnte. Ich packte sie an der Hüfte und trug sie zur Jagdhütte, wo alles begann.

Inki-Nanka sah ich nicht wieder, aber ich erfuhr vom Beschützer, dass dieser winzige Zwanzig-Zentimeter-Alien der oberste Wächter des absoluten Gleichgewichts in unserer Welt war. Sein Auftritt ist zunächst unauffällig, keineswegs übereilt oder überflüssig. Deshalb lohnt es sich zu wissen – wenn man ihm begegnet, sollte man vor ihm nicht weglaufen.

Was den Beschützer betrifft, er wurde von den Trinidadianern aufgenommen und es gelang ihm, zu seinen Verwandten zurückzukehren. Und ich hatte die schwierige Aufgabe, meine erworbenen Fähigkeiten zu verbergen und sie nur in Notfällen einzusetzen.

Doch auch dies erwies sich als von gefährlichen Feinden begleitete Herausforderung.

ENDE

---

11 (Anm. d. Verf.) Desoxyribonukleinsäure-Moleküle.

Der Autor

Maurice Remy wurde 1980 in Sofia in Bulgarien geboren. Nach dem Abitur absolvierte er die Nationale Sportakademie „Vasil Levski". Er war als Bodybuilder erfolgreich und erlangte zahlreiche Auszeichnungen. Neben seinem Studium wirkte er als Schauspieler in mehreren internationalen Produktionen mit. Danach hatte er sein eigenes Geschäft für Nahrungsergänzungsmittel.
Maurice Remy ist verheiratet und Vater von zwei Söhnen. Nach der Wirtschaftskrise wanderte die Familie nach Deutschland aus. Heute lebt die Familie in Freital in der Nähe von Dresden.
Mit „Der Regulator" legt Maurice Remy seinen ersten Roman vor.